mare

Petri Tamminen

MEERESROMAN

oder
Einige glückliche Momente aus dem
tristen Leben des Seekapitäns Vilhelm Huurna

Aus dem Finnischen von Stefan Moster

mare

Die Übersetzung wurde gefördert von FILI – Finnish Literature Exchange.

Die Deutsche Nationalbibliothek verzeichnet
diese Publikation in der Deutschen Nationalbibliografie;
detaillierte bibliografische Daten sind im Internet
unter http://dnb.ddb.de abrufbar.

Die finnische Originalausgabe erschien 2015 unter dem Titel
Meriromaani bei Otava Publishing Company Ltd., Helsinki.

© 2015 Petri Tamminen and Otava Publishing Company Ltd.

2. Auflage 2017
© 2017 by mareverlag, Hamburg
Einband Nadja Zobel / Petra Koßmann, mareverlag, Abbildung:
© Hakule / Getty Images
Satz mareverlag
Schrift Dante MT
Druck und Bindung CPI books GmbH, Leck, Germany
Printed in Germany
ISBN 978-3-86648-248-7

www.mare.de

IM LOCH VON LOUHISAARI

Seekapitän Vilhelm Huurna schämte sich für gestern und fürchtete sich vor morgen, aber mit dem gegenwärtigen Augenblick war er immer gut fertiggeworden. Kletterte er als Schiffsjunge in den Großmast, hatte er Angst, aus der Höhe ins Meer zu fallen, und stieg er wieder zum Deck hinab, schämte er sich für die Fehler, die er im Mast gemacht hatte, aber oben im Wind öffnete er die Knoten wie in der Kindheit vor der Haustür die Schnürsenkel.

Als Vilhelm zwölf Jahre alt war und mit seinen Eltern die Stadt Turku besuchte, hörte er aus dem Mund seiner Mutter einen Vertrauensbeweis. Es geschah am Flussufer. Die Mutter fasste den Vater beim Arm und sagte, eines Tages werde Vilhelm als Kapitän eines großen Schiffes über die Weltmeere segeln. Nachdem sie dies gesagt hatte, warf sie einen Blick auf Vilhelm und lächelte.

Huurna erinnerte sich noch Jahre später an dieses Lächeln seiner Mutter. Dann aber begann ihn das Seepech zu plagen, und er dachte erschrocken, dass alles, was in ihm an Kapitän steckte, die Worte seiner Mutter waren. Wäre jemand gekommen, um die Kapitänswürde zurückzuverlangen, hätte er sie hergegeben. Weil aber niemand kam, merkte er, dass auch die anderen ihren Ehrgeiz irgendwoher nahmen und dass er den seinen eben von seiner Mutter hatte.

In seinem Heimatdorf glaubte man an die Kartoffel. Sein Vater indes fischte und behauptete, auf dem Meer komme man auf große Gedanken. Vilhelm reichte es, dass der Vater Fische vom Meer mitbrachte und sich auf der Welt zurechtfand. Vilhelm bewunderte jeden, der sich auf der Welt zurechtfand. Hatten die Menschen zusätzlich noch große Gedanken und sprachen sie gelegentlich aus, blieben ihm diese nicht in Erinnerung.

Seinen ersten Schiffbruch erlitt Vilhelm im Alter von sechzehn Jahren. Er sollte das Boot des Doktors zur Insel Pikisaari bringen. Im Loch von Louhisaari kenterte es. Vilhelm griff nach dem Seil und riss am Boot, und das Boot riss an ihm, und so trieben sie ab und liefen auf einem Felsenriff auf Grund. Dort wuchtete Vilhelm das Boot herum und schöpfte es mit dem Stiefel leer. Es war Anfang Oktober; während er sich abmühte, fror er nicht, aber sobald er merkte, wie kalt es war, erschrak er, sprang ins Boot und fuhr los, wie jemand, der auf dem Oktobermeer unterwegs ist, eben segelt.

 Das Boot aber erinnerte sich an das Kentern von vorhin. Es zitterte und wackelte. Als es erneut Wasser schluckte, band sich Vilhelm an der Bootsflanke fest, und als es erneut kenterte, trieb er mit ihm in den Wellen. Bis an Land war es ein Stück. Der Tod erschien ihm ungerecht, denn nun würde er viele Dinge im Leben nicht zu Ende führen können.

 Noch Jahre später erschrak Vilhelm Huurna im Augenblick des Schiffbruchs darüber, dass sein Leben jetzt unvollendet bliebe, aber wenn er ans Ufer kam und vom Ufer in ein warmes Haus, geriet das Gefühl des unvollendet Bleibens in Vergessenheit, und wenn er eine Woche später wieder über das Elend seines Lebens lamentierte und Erklärungen für die Gutsherren formulierte, denen das Schiff gehörte, das nun irgendwo in einem dänischen Belt oder Sund auf dem Meeresgrund lag, dachte er, dass dieses unvollendet Bleiben gar nicht so schlimm gewesen wäre.

Vilhelm schluckte Meerwasser. Allmählich war er sich sicher, dass sein Leben hier im Loch von Louhisaari enden würde, ans Boot des Doktors gebunden, überspült vom Oktobermeer. Der Wellenschlag trieb das Boot an einer Insel vorbei. Er sah, dass ihm die Kraft fehlte, bis an Land zu schwimmen, aber er löste das Seil und fing trotzdem an zu schwimmen. Als er so weit geschwommen war, wie es ging, beschloss er, alles seinen Gang gehen zu lassen. Er versuchte noch, sich an ein Kirchenlied oder so etwas wie ein Gebet zu erinnern, aber ihm fiel nichts ein, und er versuchte nach seiner Mutter zu rufen, brachte jedoch keinen Laut heraus. Er ging unter. Die Füße berührten Pflanzen. Mit einem Schrecken kam er zu sich, brachte die Nase über die Wasseroberfläche, atmete einen Mundvoll Wasser ein, schnappte nach Luft und schaufelte und watete und kroch an Land. Auf den Steinen blieb er liegen. Er fror gar nicht mehr richtig, eher brannte alles, und dadurch begriff er, dass er nicht liegen bleiben durfte.

Auf den Felsen und in den bewaldeten Abschnitten der Insel war es schwierig, voranzukommen. Besonders schwierig fand er es, einen Fuß vor den anderen zu setzen und den Steinen auszuweichen, die es auf der Insel überall gab. Auch die Baumwurzeln störten: Bekam er die Zehen über eine Wurzel, schickte er sich an, den nächsten Schritt zu tun, aber oft geschah es, dass die weißen und gefühllosen Zehen gegen die Wurzel stießen, und dann fragte er sich, warum die Welt so schwer begehbar gemacht worden war.

In einem Wäldchen verliefen Pfade. Einer davon endete an einem Fahrweg. Es dämmerte. Nach der dritten oder vierten Kurve erblickte er ein kleines Haus.

Die letzten fünfzig Meter ging es bergauf, nicht so steil, dass ein Karren von selbst vom Grundstück gerollt wäre, aber für Vilhelm war es sehr steil. Irgendwie schaffte er es trotzdem bis zur Tür und schlug mit der Faust dagegen.

Es dauerte eine Weile, bis aufgemacht wurde. Jemand stand in der dunklen Türöffnung und fragte, was er wolle. Er kam nicht dazu, es zu sagen, als man ihn schon über die Schwelle zog, und er hätte es auch nicht sagen können.

In der Stube wurde er wegen seines Äußeren bedauert; das Boot und die Ufersteine, die Bäume im Wald und die Erde hatten ihm zugesetzt. Es war dämmrig, obwohl überall Kerzen und Lichter und Feuer brannten, sodass seine Augen beim Blick auf die Lichter tränten. Die Wolldecke war hell, er legte sich darunter, und bevor er einschlief, konnte er noch denken, ja, es gibt Wolldecken auf der Welt.

Im Moment des Aufwachens stürzten die Ereignisse des Vortages auf Vilhelm ein. Er sprang auf und streckte sich nach seinen Kleidern, die zum Trocknen an einem Balken hingen, konnte sich aber nicht auf den Beinen halten, sondern fiel auf alle viere.

Als man ihn ans Festland ruderte, schämte er sich, und als

man ihn ins Haus des Doktors brachte, fühlte er sich wie als Kind, wenn er Erbsen gestohlen hatte. Aber der Doktor, der geglaubt hatte, Vilhelm sei ertrunken, während er die Schaluppe für drei Mark Tageslohn zur Insel Pikisaari brachte, war herzlich und sagte, die Ufer seien voller lecker Boote und aus Holz könne man jederzeit neue bauen, doch an guten jungen Männern herrsche immer Mangel.

Der Doktor sandte eine Botschaft, und Vilhelms Vater kam, um seinen Sohn abzuholen. Die Mutter weinte vor dem Haus und war noch tagelang anders als sonst, und auch er war anders, starrte den ganzen Herbst immer wieder vor sich hin und pfiff grundlos.

Das nächste Frühjahr war kalt, und als an Land die Arbeit ausging, heuerte er auf einem Brennholzschiff an. Im Sommer sprach seine Mutter nicht mehr vom Segeln auf den Weltmeeren, aber sein Vater erkundigte sich, wie es auf dem Brennholzschiff zuging, und danach, was er auf dem Meer gesehen und erlebt hatte, und während er seinem Vater antwortete, merkte er, wie wichtig ihm das Transportieren von Holzscheiten geworden war.

SARDINIEN

Vom Brennholzschiff kam Vilhelm als Schiffsjunge auf einen Schoner und vom Schoner als Jungmann auf eine Bark, und nachdem er zwei Jahre als Matrose auf der Bark gesegelt war, wurde er Segelflicker. Er flickte Segel und war mit seinem Leben zufrieden, bis ihm auffiel, dass gewöhnlichere Kerle als er bereits als Boots- und Steuerleute herumbrüllten, und ihm kam in den Sinn, dass hinter dem Horizont womöglich etwas Neues und Gutes auf ihn wartete. In diesem Glauben heuerte er auf jedem erbärmlichen Schiff an, auch auf einer griechischen Bark, die Salz von Sardinien nach Schweden brachte.

Bald nach dem Auslaufen geriet das Schiff in einen Sturm. Die schlecht festgebundene Salzsackfracht geriet ins Rutschen, das Schiff krängte und hätte eiligst gewendet werden müssen, aber die Männer, die Freiwache hatten, lagen in der Back und kamen nicht heraus, obwohl jeder Seemann auf der ganzen Welt weiß, was drei lange Pfiffe aus der Trillerpfeife bedeuten. Vilhelm konnte nicht fassen, was für eine Müdigkeit die Männer plagte, dass sie sogar stärker war als die Seenot. Insgeheim bewunderte er die Männer freilich für ihre Sorglosigkeit, so wie er immer Leute bewundert hatte, die sorgloser waren als er, aber diesmal mischte sich unter die Bewunderung der Verdacht, die Sorglosigkeit könnte sie alle das Leben kosten.

Der Kapitän, ein mürrischer Grieche, der nur wenige Jahre älter war als er, ging hinunter, um die Männer brüllend herauszuholen. Inzwischen passierte an Deck allerhand, der Sturm ließ die Rah brechen, und Wellen, so hoch wie der Kirchturm von Huurnas Heimatort Askainen, zogen das Schiff auf die Felsenküste zu. Die Männer, die Wache hatten, waren keine Hilfe, sie schrien sich gegenseitig an, und der deutsche Steuermann, der im Hafen den Eindruck eines Mannes der Tat gemacht hatte, grollte unter dem Fockmast vor sich hin und sagte in einem fort, dass er es geahnt habe, er habe es geahnt, er habe es gleich geahnt, als er dieses Schiff betreten habe.

Der Kapitän blieb lange im Rumpf des Schiffes. Vilhelm fand, dass der Kapitän an Deck kommen sollte, um seinen Leuten Kommandos zu geben, also ging er ihn holen, fand ihn auch an der Tür zur Back und trug sein Anliegen vor. Der Kapitän sah Vilhelm an, als hätte dieser das Chaos angerichtet, und schlug mit der Lampe nach ihm. Sie traf Vilhelm mit einer Ecke am Auge. Er fiel auf die Knie, drückte sich die Mütze aufs Auge, dachte an seine sonderbare Haltung und schämte sich dafür, aber die Scham ließ bald nach, denn er hatte Angst, das Auge verloren zu haben und bald auch das Leben zu verlieren.

An Deck rannten die Griechen noch immer hin und her. Er hielt sich die Schläfe und überlegte, wie er die Männer dazu bringen könnte, dass alle ihre Aufmerksamkeit auf eine Sache richteten, aber ihm fiel kein Mittel ein; er konnte sich nicht einmal auf den Beinen halten, sondern fiel jedes Mal hin, wenn ein Schwall Wasser über die Reling kam und ihn erfasste. Unter der Mütze lief Blut hervor und rann bis in den Mund, und er schmeckte das Aroma des Blutes und das scharfe Aroma des Mittelmeersalzes und erinnerte sich an das Wasser seiner Kindheit, in dem er geschwommen war, an das trockene Holz des Steges, und ihm kam der Gedanke, dass es eine Enttäuschung für ihn wäre, wenn er jetzt mit diesem Schiff, das eine Ladung Salz transportierte, in diesem salzigen Meer unterginge. War es Schutz von oben oder reiner Zufall, der das Schiff an der Felsküste vorbeiführte? Es mochte auch geholfen haben, dass niemand versuchte, auf seinen Kurs Einfluss zu nehmen. Stattdessen schrien sich die Griechen bis zum Schluss gegenseitig an und ließen das Schiff treiben, wie es wollte. Jeder, der schon einmal im Sturm gesegelt ist, weiß, dass Segelschiffe vieles tun, worum sie zu bitten der Mensch nicht einmal auf die Idee käme.

Im Schutz einer Halbinsel setzten die Männer ihren Streit immerhin so weit aus, dass sie die Anker warfen. Der Wind tobte in der Takelage, und das Schiff riss an den Ketten, blieb aber auf der Stelle, und da dachte Vilhelm wieder daran, zu atmen, und er beschloss, etwas zu unternehmen, sein Leben etwas oder jemandem zu widmen. Ihm fiel jedoch nichts und niemand ein, dem er sein Leben geben könnte, und so gelobte er in Ermangelung eines Besseren, von dem Geld, das für ihn auf dem Meer zusammenkam, die Seefahrtschule zu besuchen.

Von dem Streich des Kapitäns mit der Lampe blieb im Augenwinkel eine Delle mit Narbe zurück, die ihm einen traurigen Gesichtsausdruck verlieh. Noch im Herbst, als er in einer zugigen Unterkunft in Turku wohnte, war der gesamte

Schläfenbereich empfindlich. An der Seefahrtschule lernte er Navigation, Buchhaltung, Deutsch und Englisch und blickte aus den Fenstern im obersten Stock auf die Bäume, die sich ganz in der Nähe bewegten, so nah, dass man in ihre Kronen hätte springen können. Vor allem an regnerischen Tagen litt er unter starken Kopfschmerzen.

    Bis Weihnachten hörten die Schmerzen auf. Wenn sich seine Finger bisweilen zu der Narbe im Augenwinkel verirrten, fühlte er sich männlich und erinnerte sich an Geschichten über die Wikinger.

Von einem Segelschiff mit seinen wurmigen Zwiebacken und feuchten Kojen aus gesehen, ist jede Stadt das Paradies. Dort wartet eine solche Ausgelassenheit, dass allein der Gedanke daran das linke Bein veranlasst, zwei Schritte auf einmal zu machen. Wenn das Schiff im Hafen einläuft, wenn die Last gelöscht und der Rumpf gereinigt ist, stürmt der Mann dieses Paradies. Einen Tag lang geht es ihm gut, manchmal auch zwei, aber spätestens am dritten findet man ihn im hintersten Winkel einer Kneipe hocken, wo er über die Falschheit der Welt lamentiert. Einen Monat später, wenn bei ihm ansonsten schon wieder alles in Ordnung ist, muss ihm der Steuermann oder ein anderer, der als Schiffsarzt fungiert, die gräuliche Salbe mischen, mit der man versuchen kann, die Erinnerungen an die Freuden der Stadt wenigstens untenherum zu vertreiben.

    In Vilhelms Gedanken wahrte Turku seine paradiesische Verheißung über viele Wochen. Auf dem Weg zur Schule nahm er die Stadt als Ansammlung von länglichen, übereinander angeordneten Granitblöcken wahr, zwischen denen

Menschen und Herbstlaub umhertrieben, aber vom Pult im Klassenzimmer aus betrachtet schien vor den Fenstern und hinter den Baumkronen wieder die Sanftheit des Paradieses zu flimmern.

Vilhelm fand, dass der Schulbesuch viel mit dem Reisen gemein hatte. Denn in Zügen und auf Wagen rannte sein Geist stets für die Pferde mit oder trieb wie eine Kurbel die Lokomotive an, eilte all dem mühsamen Vorwärtskommen voraus und musste dann warten, bis er vom jeweiligen Fahrzeug eingeholt worden war. Dieses ständige Vorauseilen und Warten strengte ihn derart an, dass er am Ziel müder war als der Lokomotivführer, der sich immerhin nur auf das Fahren seiner Lokomotive zu konzentrieren hatte, oder als der Fuhrmann, dessen Gedanken bei den Pferden und bei der Straße geblieben waren. Er hatte das Gefühl, in der Seefahrtschule auf ähnliche Weise abwechselnd vorauszueilen und zu warten und deswegen müde zu werden.

Jeden Tag kam er auf dem Schulweg am Krankenhaus vorbei, und an manchen Morgen sah er dort auf den Balkonen graue Gestalten. In solchen Augenblicken fiel ihm wieder ein, dass es Schlimmeres gab, als Buchhaltung zu büffeln.

Paavo war zunächst lange sein Banknachbar, bevor sie Freunde wurden, und darum fragte er sich später oft, ob er sich auch mit all den anderen, die ihm nun fremd waren, hätte anfreunden können, wenn er nur im richtigen Moment neben sie geraten wäre.

In der zweiten Woche bekam Paavo eine Ermahnung wegen Alkoholgestanks und in der dritten wegen Aggressivität. Im November saßen sie im Pinella. Paavo musterte ihn lange und sagte dann: »Huurna, selbst wenn du einmal Admiral bei der Flotte des Zaren wirst, bleibst du für mich immer der Bursche aus der Linnankatu.«

Paavos Worte brachten ihn am Kneipentisch zum Lachen, und später dachte er oft daran zurück. Als Kapitän fielen sie ihm immer dann ein, wenn er das Gefühl hatte, dass alle anderen echte Kapitäne waren und er nur eine Art Missverständnis, das noch einmal ans Tageslicht käme.

Er fand es erstaunlich, dass in den verborgenen Winkeln des Geistes so sehr die Kraft eines anderen Menschen wohnen konnte, einem selbst fremd, und dass man sie dort immer wieder neu hervorholen konnte.

Im Dezember reiste Seefahrtschüler Vilhelm Huurna in seinen Heimatort Askainen, um seine Mutter und seinen Vater zu besuchen. Er saß im neuen Anzug in der Stube und stellte sich dar.

Er besuchte auch die Hofherren von Askainen, um mit ihnen über das Schiff zu verhandeln, das sie anzuschaffen versprochen hatten und zu dessen Kapitän sie ihn ernennen würden, sobald er die Schule beendet hatte, und in Gesellschaft dieser Männer verkörperte er jemand ganz anderen.

Die Versammlung wurde im Saal von Gut Glad abgehalten. Die Hofherren saßen hier und da am Rand, als ginge sie die Angelegenheit nicht im Geringsten etwas an, und da sie offenbar sonst nichts zu bereden hatten, zog Huurna die Schlussfolgerung, dass alles, was das Schiff betraf, bereits im Herbst behandelt worden war. Er fragte sich, worin der Sinn dieser Zusammenkunft bestand, wenn nicht im Verhandeln über das Schiff, und kam schließlich darauf, dass es darum ging, ihn zu wiegen und darüber zu befinden, ob er zu leicht sei.

Gutsherr Glad, der Huurnas Gedanken offenbar ahnte, so wie Menschen immer die Gedanken der anderen wittern, erhob sich nun und sagte, sie seien alle sehr stolz auf Huurna, den Jungen aus dem eigenen Dorf, der an der Seefahrtschule Turku studiere, um Kapitän zu werden. Die anderen pflichteten ihm bei, nicht laut, sondern indem sie schwiegen. Als sich die Stille zu dehnen drohte, ging Gutsherr Glad dazu über, Huurna und dessen Studien aus Leibeskräften zu würdigen, und wie er so die Studien würdigte, kam er auf die Idee, auch Huurnas Alter zu würdigen. Nach Ansicht des Gutsherrn befand sich Huurna in der prächtigsten und leistungsfähigsten Phase im Leben eines Mannes. Der Wohlstand, der sich bei ihnen, den älteren Herren, in Häusern, Ländereien und prallen Bäuchen zeige, sei bei jungen Männern wie Huurna in Form von Kraft im Herzen verpackt, und diese Art von Reichtum war nach Ansicht des Hofherrn Glad die wertvollste auf der Welt.

Auf dem gepolsterten Sofa im hinteren Teil des Raums saß Hofherr Kiuru, der sich nun hörbar räusperte. Als sich aber die anderen ihm zuwandten, hatte er es kein bisschen eilig mit dem Reden, sondern ächzte und röchelte und nahm sich alle Zeit der Welt, wie ein Mann, der weiß, wer er ist. Dann machte er eine Kopfbewegung in Richtung Huurna und sagte, auch seiner Meinung nach sei an Männern wie Huurna das Alter das Beste. Mehr hatte Hofherr Kiuru nicht zu sagen.

Huurna fing an zu nicken. Er hätte wahrscheinlich lange genickt, wenn sich nicht Hofherr Arvidsson eingemischt und auf ihn gedeutet und gesagt hätte, auch er beneide ihn um seine Jugend und um den produktiven Lebensabschnitt, in dem die Vernunft noch nicht das Fassen von Beschlüssen hinauszögere. Arvidsson war der Ansicht, dass zu viele Kenntnisse einen Mann auslaugten wie der Skorbut, und darum sei es ein großer Segen, dass Huurna nicht viel wisse. Allerdings hatte Arvidsson die Sorge, dass Huurnas Unwissenheit an der Seefahrtschule in Turku verdorben werden könne.

Hofherr Elomaa beteuerte nun seinerseits, die Seefahrtschule werde Huurna nicht verderben, und Hofherr Mäentaka schloss sich seiner Meinung an. Die einmütige Beteuerung dauerte so lange, dass Gutsherr Glad sie unterbrechen musste. Er erinnerte daran, dass ein junger Mann wie Huurna neben der Unwissenheit noch über andere gute Eigenschaften verfüge, nämlich über frische Leibeskräfte.

Dieser Hinweis erfreute alle. Die Männer lebten geradezu auf, als sie an ihre eigenen Jugendkräfte zurückdachten und an die Großtaten, die sie in Huurnas Alter vollbracht hatten, an die Gräben, die sie gezogen, an das Land, das sie gerodet, und an das Heu, das sie eingebracht hatten. Über die Menge an Kartoffeln, die sie gelegt hatten, entsetzten sie sich lauthals, und was das Ernten der Kartoffeln betraf, erinnerten sie sich, geradezu beängstigend gierig gewesen zu sein. Wenn der eine erzählte, er habe ganze Fässer mit Heringen vollgeschaufelt, fiel dem Zweiten ein, wie viel Hering er gedörrt hatte, und wenn einer prahlte, er habe am Tag fünfzehn Raummeter Brennholz gehackt, sagte der andere, er habe das Gleiche geschafft, aber aus stehenden Bäumen. Klang das Wettbieten für einen Moment ab, schrie sofort einer auf und erzählte, er habe einmal drei Kilometer Zaun aufgestellt. Diese Erinnerung machte alle munter wie ein Geldschein, den man in der Kommodenschublade findet; alle hatten sie irrsinnige Mengen an Zäunen errichtet, gerade in Huurnas Alter, in dem die Arbeitswut des Mannes keine Grenzen kenne.

Hofherr Vahtoranta, der dem Gespräch die meiste Zeit schweigend zugehört hatte, gab nun ein paarmal zögernd ein Also-ich-will-mal-so-sagen von sich und hielt dann zur Versöhnung eine lange Stille, als bedauerte er es, das fröhliche Geplauder unterbrochen zu haben. Schließlich erzählte er im Ton einer Mitteilung davon, wie er im Alter von dreißig Jahren mit eigenen Händen ein Grab für seine erste Frau ausgehoben habe und dass ihm die Arbeit innerhalb eines Vormittags von der Hand gegangen sei. »Aber da war dann auch ununterbrochen Sand in der Luft.«

Dies wurde nun ausführlich bedacht, man saß da und hörte zu, was die Wanduhr im Saal zu sagen hatte. Sie erzählte uralte Dinge von der Ewigkeit und von der Vergänglichkeit alles Irdischen. Keiner schien mehr besondere Lust zu haben, von seinen Großtaten zu berichten. Dennoch lag weiterhin das Rauschen des lebhaften Gesprächs im Raum, es sorgte dafür, dass die Männer ihren aufgeplusterten Zustand beibehielten und vor sich hin nickten. Zwischendurch blickte immer wieder mal einer auf Huurna, flüchtig und ein bisschen peinlich berührt von der Tatsache, dass die schmale Gestalt, die da neben der Tür saß, nicht der Figur entsprach, die sie sich gerade gemeinschaftlich in Erinnerung gerufen hatten.

Huurna bemerkte die verlegenen Blicke der Hofherren, aber er merkte auch, dass er nun gewogen und für nicht zu leicht befunden worden war, und ihm kam der kühne Gedanke, dass die alten Männer nichts anderes als alte Männer waren.

Gutsherr Glad, der wahrscheinlich auch diesen Gedanken ahnte, erhob sich nun, wandte sich an Huurna und erklärte in versöhnlichem Ton, es sei genug geschwätzt worden: Vilhelm Huurna werde der Kapitän ihres Schiffes sein. Der Großbauer schien sich selbst über seine Worte zu wundern und fügte, wie um seine plötzliche Verkündigung abzumildern, hinzu, in diesem Saal sei eine Menge Manneskraft versammelt, aber Huurna müsse sich daneben nicht unterlegen fühlen, denn bald erhalte er die Gelegenheit, seine sicherlich fast ebenso großen Kräfte unter Beweis zu stellen. Dann musterte Glad mit gequältem Gesichtsausdruck die Decke, als geniere er sich für all das Gerede, und sagte abschließend, Huurna werde jedoch nie auf sich allein gestellt sein, denn im Herzen würden sie, die Hofherren, ihm auf alle Weltmeere folgen, sodass er jeden Tag ihre unterstützende Anwesenheit spüren könne. Die anderen Hofherren nickten zu diesem Versprechen.

Es kam der Tag, an dem die Seefahrtschule endete, und dieser Tag war ein wehmütiger, weil man auch nach bedrückenden Zeitabschnitten in der Stunde des Abschieds Bedauern empfindet. Als Huurna einen letzten Blick in den Klassenraum warf, schien eine alles vergoldende Sonne durch die Fenster. Die schmuddeligen Ecken sahen unschuldig heimelig aus, als wüssten sie selbst, dass man sich sonst nicht im Guten an sie erinnern würde.

Seine Papiere holte sich Huurna im Zimmer des Rektors ab. Dieser musterte das Prüfungszeugnis lange und sagte dann: »Ihr seid ein so findiger Mann, Huurna, dass Ihr von niemandem etwas verlangen sollt, womit Ihr selbst nicht fertigwerdet.«

Huurna musste richtiggehend überlegen, was der Rektor meinte, aber später kamen ihm die Worte oft in den Sinn, und er hatte viel Freude daran. Immer wenn es eng wurde, erinnerte er sich an das, was der Rektor gesagt hatte, und erkannte, dass er auch selbst versuchen könnte, das Problem zu lösen, das ihn gerade betraf.

WESTLICH VON BORNHOLM

Nach der Seefahrtschule reiste Huurna nach Wyborg. Dort wartete ein alter Schoner auf ihn, in den Augen anderer Leute womöglich bloß ein lecker Prahm, für ihn aber die Krone der Meere. Das Schiff hieß *Jalo*, die Edle, es wurde zwei Nächte lang über das Geschäft verhandelt, und als der Vermittler eine Flasche Kognak brachte, wurde eingeschlagen.

Von Wyborg aus reiste Huurna auf der Küstenstraße zurück nach Turku, ging in seinen Heimatort Askainen und stellte seine Mannschaft zusammen. Vor Glads Gutshof wünschten ihm die Hofherren gute Reise. Der Moment des Abschieds geriet sentimental, die Großbauern beteuerten, ihm fortan in allem zu vertrauen, als Kapitän des Schiffes habe er die Freiheit wie die Verantwortung, auch die größten Entscheidungen selbst zu treffen.

Huurna war bewegt von diesen freundlichen Worten, er bedankte sich bei den Hofherren, bemühte sich, seine Rührung zu verbergen, und es gelang. Durch dieses Gelingen und den offen zum Ausdruck gebrachten Respekt ging ihm jedoch so das Herz auf, dass seine Füße ganz von selbst zwei kindlich ungestüme Hüpfer einlegten. Schnell zwang er sich wieder zur Würde und setzte seinen Weg fort. Er befand sich bereits in der Birkenallee, als einer der Hofherren ihm nachrief, sie würden sich bald telegrafisch mit ihm in Verbindung setzen, und nach seiner Ankunft in Wyborg werde er von ihnen alle nötigen Anweisungen erhalten.

Huurna blickte sich um und nickte und ging auf der Birkenallee, die vom Gutshof wegführte, weiter. Bis zur Kurve war es schwierig, aber dann sagte er sich, dass sich die Birken keine besonderen Gedanken über ihn machten und dass er, wie er so zwischen ihnen dahinschritt, selbst ein bisschen wie die Birken und die Felder hinter den Birken war.

Die Hofherren vereinbarten eine Holzlieferung nach Lübeck, und auch wenn die Ladung ihre Sache war, so wurde sie in Wyborg doch zu seiner. Männer beluden sein Schiff, und ein Zimmermann sägte dafür ein neues Namensschild, in das er mit großen Lettern *Reipas* schnitzte, die Tüchtige, und als Vilhelm sein neues Schiff betrachtete, merkte er, dass er es beinahe liebte.

Huurna hatte mehr Dinge zu bedenken, als er denken konnte. Häufig geschah es, dass er morgens überhaupt nicht hochkam, weil er versuchte, an alles zu denken. Er dachte an die Verträge der Besatzung, an die Lebensmittel und die Reparaturen der Takelage, und er dachte daran, dass er Ankerketten besorgen und die Befestigungen der Ladung überprüfen und das Dampfschiffkontor aufsuchen musste, um eine Vereinbarung über das Schleppen zu treffen. Sund für Sund rekapitulierte er die Route aus dem Hafen hinaus und über das Meer zum nächsten Hafen und außerdem, wie die Ladung dort gelöscht würde, und im Geiste beschaffte er bereits eine neue Fracht und überlegte sich, was es dabei dann alles zu beachten gäbe.

Unterdessen gerieten ihm jedoch die ersten Posten auf der Merkliste schon wieder in Vergessenheit, und wenn er tief in diesem Stapel wühlte, vergaß er, woran er sich erinnerte und woran nicht, und es erschien ihm unmöglich, das Tagwerk zu beginnen.

Mit der Zeit kam er morgens erst aus dem Bett, wenn ihm bewusst wurde, dass er das Recht hatte, faul zu sein, und das Recht, sich sofort an die Arbeit zu machen, ohne zu bedenken, was er alles zu tun hatte. Ihm wurde auch bewusst, dass die wirklichen Arbeiten am Ende doch leichter waren als diejenigen, die man im Geiste verrichtete.

Am 8. August manövrierte er sein Schiff aus dem Hafen von Wyborg hinaus und an der Festung Wyssozk vorbei. Er, der Kapitän, stand auf dem Achterdeck. Als der Wind die Segel ergriff und das Schiff die Wellen des Finnischen Meerbusens teilte, verspürte er keinen Hunger und keinen Durst mehr, ihm war weder kalt noch heiß, er sehnte sich nicht nach hier und nicht nach dort, und es gab auf der Welt nichts Vergangenes und nichts Künftiges mehr. Der Luftdruck war überall gleich, im Himmel und im Kopf, und überall herrschte die gleiche Temperatur, Schiff und Wind hatten die gleiche Geschwindigkeit, die Sonne glitzerte auf jeder Welle, die Wogen wussten, wohin sie liefen, und er wusste, wohin er fuhr.

Er war schon auf größeren Schiffen gesegelt, aber für dieses Schiff hier trug er die Verantwortung. Es erschien ihm sehr groß. Er hatte immer geglaubt, man könne sich die Verantwortung des Kapitäns auch von Land aus vorstellen, aber jetzt, als Kapitän, kam sie ihm völlig anders vor. Er fühlte sich feierlich und einsam, er stand aufrecht da, als wäre er wer weiß was für ein hoher Herr, aber gleichzeitig erschrak er darüber, wie klein er war, und ihm wurde schwindlig, so wie als Kind, wenn er sich ganz oben auf einer Leiter wiederfand.

Bis Gotland segelten sie bei günstigem Wind. Danach hatten sie dichten Regen und Seegang und mussten sich durch hohe Wellen kämpfen. Westlich von Bornholm rissen im Gewittersturm hier und da die Segel, und obwohl die Männer an den Pumpen schufteten, stand das Wasser im Rumpf mehrere Fuß hoch. Das Schiff sank einen Wellenkamm hinab und stieg den nächsten mühsam und keuchend hinauf wie der dicke Knecht des Pfarrhauses von Rymättylä.

Der Wind ließ nicht einmal über Nacht nach, und als auch bei Tagesanbruch noch die Wellen auf das Deck schlugen, als hätten sie die Absicht, das Schiff gerade jetzt zu zertrümmern, nahm er sich vor, eine Andacht abzuhalten. Er nahm es sich sechsunddreißig Stunden lang vor und tat dabei alles, was bei Sturm zu tun war, und schließlich wurde der Wind müde.

In den Lübecker Hafen Travemünde fuhr das Schiff bei sonnigem Wetter ein. Die wenigen Wolken lagen so matt am Horizont, als hätte es nie einen Sturm gegeben.

Auf dem Weg zum Hafenkontor dachte Huurna bei jedem Schritt daran, dass er nun der Kapitän eines Schiffes war, aber unmittelbar vor dem großen Gebäude vergaß er es doch. Er starrte auf die Schlingpflanze an der Fassade des Hauses. Sie rankte sich beiderseits des Haupteingangs nach oben, in sonderbar dünnen Stängeln, und breitete sich dann in alle Richtungen aus. Er konnte nicht anders, als diese dünnen Stängel anzustarren, durch die sämtliche Kraft überall ins Grün einströmte.

Im Hafenkontor drängten sich die Leute. Am liebsten hätte er allen erzählt, was er und seine Mannschaft überstanden hatten, aber da die Kapitäne hier offenbar in aller Ruhe ihre Schiffe beladen und entladen hatten, sagte er nichts vom Sturm, sondern erledigte die üblichen Dinge. Durch sein Schweigen fühlte er sich einsam und männlich.

Westlich von Bornholm hatte er gedacht, wenn ich diesen Sturm überstehe, überstehe ich alles, aber im Hafen erkrankte er an Husten und bekam Fieber und glaubte, sterben zu müssen. Die Männer wuschen den Schiffsrumpf und flickten die gerissenen Segel, während er in der Kajüte lag und Schnaps gegen seine Krankheit trank. Den Hofherren schrieb er einen kurzen Brief, und einen zweiten, längeren schrieb er an das entzückende Fräulein in Wyborg, mit dem er im Juli ein schönes Lächeln und einen vorsichtigen Kuss getauscht hatte.

Es wollte ihm die Lunge zerreißen wie in den Hungerwintern. Er trank und schrieb und hustete.

Nachdem er eine Woche gehustet hatte, suchte er einen Arzt auf. Dessen Praxis befand sich in einem mehrstöckigen Haus in der Innenstadt von Lübeck. Huurna stand eine Weile im Vestibül, betrachtete sich im Spiegel und schätzte ab, ob er sauber genug für einen Arztbesuch war und zugleich elend und krank genug aussah, damit der Doktor einen Besuch für begründet hielt. Dann klopfte er an, trat ein und blieb unmittelbar hinter der Tür stehen.

Der Raum war hoch. Ein Orientteppich lag auf dem Fußboden, an der Wand hing ein großes Porträt, das wahrscheinlich den Doktor zeigte, Vilhelm sah nicht genau hin, denn es war ihm schon immer unangenehm gewesen, Ärzten in die Augen zu schauen. Der Doktor bat ihn, Platz zu nehmen, und erkundigte sich, was ihn plage.

Er schilderte seinen Fall, so gut er es auf Deutsch konnte: dass er sich im Sturm bei Bornholm die Brustkrankheit geholt habe, dass sie arg sei und dass er sie so schlimm erst ein Mal gehabt habe, nämlich in jungen Jahren, als er im Eis eingebrochen und unterkühlt gewesen sei.

Der Doktor hörte mit einem Ohr zu, oder so, wie man einem Kind zuhört, und Huurna fragte sich beim Reden, ob der Doktor ein einsames Leben führte, ob er es womöglich als belastend empfand, mehr zu wissen als die anderen. Als Huurna endlich schwieg, holte der Doktor tief Luft, betastete die Knöpfe seiner Anzugsweste und sagte dann, Krankheiten stünden in der Tat in Verbindung mit den Ereignissen des Lebens, aber nicht immer auf die Art und Weise, wie der Patient vermutete. So rührten in diesem Fall die Schmerzen in der Brust keineswegs daher, dass Huurna sich im Sturm bei Bornholm verkühlt, sondern daher, dass die Angst seine Nerven strapaziert habe. Diese Angst nehme er nun in Form von Brustschmerzen wahr. Als Medizin gegen den Schmerz empfahl der Doktor eine neue Seereise.

Nachdem er die Praxis verlassen hatte, wollte Huurna schleunigst aufs Meer hinaus. Es drängte ihn immer, gute Ratschläge schnell zu befolgen, weil er befürchtete, schon bald nicht mehr an sie zu glauben. Diesmal stellte er jedoch seine Natur auf die Probe und setzte sich im Treppenhaus kurz in eine Fensternische.

Auf der anderen Seite des Innenhofs stand ein gleichartiges Haus. Dort schüttelte gerade eine Frau auf der Treppe vor dem Eingang einen hellen Stoff aus. Der Stoff schwebte im Morgennebel wie das Segel eines fernen Schiffes, das schwankend auf dem Meer schimmerte. Auf Huurna wirkte das Bild anheimelnd. Er wurde richtig gerührt, weil die steinernen Häuser hier an ihrem Platz standen und Ehefrauen ihre Stoffe ausschüttelten und der Doktor in seiner Praxis saß, weil alles genau so war, wie es war. Bestimmt war alles auch dann genau so gewesen, als ihn der Sturm auf dem Schiffsdeck hin und her geworfen hatte.

Für die Heilung seiner Brustkrankheit war nichts getan worden, aber er hatte das Gefühl, viel bekommen zu haben, ein ganzes Brot als Proviant, von dem er bis weit auf die Weltmeere hinaus immer wieder etwas abbrechen konnte.

Von Lübecks Innenstadt aus fuhr Huurna mit demselben dampfbetriebenen Schlepper in den Hafen von Travemünde, mit dem er am Morgen in die Stadt gekommen war. Der rußige Kapitän des Schleppers ließ seine Männer lautstark exerzieren. Huurna hörte sich das Gebrüll an, als könnte der Kapitän im nächsten Moment auch ihn anschreien.

Der Schlepper setzte ihn weit weg vom Schiff ab. Beim Gang über die sandige Hafenstraße bemerkte er einen Stein in seinem Schuh. Der Stein war so klein, dass Huurna keine Lust hatte, deswegen stehen zu bleiben. Er hatte schon lange keinen Stein mehr im Schuh gehabt, und er fand es schön, nach all den großen Ärgernissen auf ein so kleines und eindeutiges Ärgernis aufmerksam zu werden.

Erst in der Kajüte zog er den Schuh aus, drehte ihn um

und hielt die Hand darunter. Ein kleiner weißer Stein rollte auf die Handfläche. Er betrachtete ihn lange, vielleicht zu lange, dann stand er auf, öffnete ein Bullauge und warf den Stein ins Meer. Beim Aufprall auf dem Wasser machte der Stein ein winziges Geräusch, das Huurna jedoch deutlich hörte. Er dachte so lange an das Sinken des Steins, wie er den Weg bis zum Grund einschätzte, dann schloss er das Bullauge, zog seinen Schuh wieder an, strich sich die Jacke glatt und ging an Deck, um die Arbeit eines Kapitäns aufzunehmen.

BEI DEN SANDBÄNKEN VON SKAGEN

In Travemünde schwankten die Masten wie die Föhren in den Wäldern von Gut Glad, und weil die Ware nicht für alle Schiffe reichte, mussten Huurna und seine Leute bloß mit Sand als Ballast nach Hull in England aufbrechen, wo angeblich Steinkohle wartete, die nach Sankt Petersburg gebracht werden sollte. Die Fahrt nach England verlief so glücklich, wie es bei günstigem Wind nun mal der Fall ist, und die *Reipas* schaukelte auf den hohen Wellenbogen der Nordsee. Huurna war guter Dinge, seine Brustkrankheit besserte sich, und er schrieb einen langen Brief an das schöne Fräulein in Wyborg.

In Hull stellte sich heraus, dass die Petersburger Fracht nicht mehr da und eine neue erst in einem Monat zu erwarten war, für die überdies schlecht bezahlt werden würde. Huurna ärgerte sich über keine von den Neuigkeiten, sondern dachte, dass auf der Welt eben allerlei passierte: Er kam mit seiner Angelegenheit in einen Hafen, aber der Hafen hatte seine eigenen Angelegenheiten, und diesmal fanden die Angelegenheiten nicht zusammen.

Was er jedoch nicht wusste, war, wie man in einer solchen Situation zu verfahren hatte, und er ging in seine Kajüte, setzte sich aufs Bett und stellte sich einen Menschen vor, der es wusste. Er suchte nach dem Gesichtsausdruck und der Körperhaltung eines solchen findigen Menschen. Schließlich stellte er sich noch vor, wie so ein findiger Mensch gehen würde, und er stand auf, verließ seine Kajüte und ging über den Kai und das Hafengelände und machte einen Abstecher ins Kontor, um nach Finnland zu kabeln, worauf er erfuhr, dass in Rauma sowie in Umeå auf der schwedischen Seite Holz darauf wartete, von Schiffen abtransportiert zu werden.

Also ging es nach Finnland. Als Ballast war derselbe Sand an Bord, den sie in Travemünde herangekarrt hatten, und dieses sinnlose Segeln plagte Huurna. Er starrte in seiner Kajüte auf den Chronometer und konzentrierte sich darauf, zu denken, dass sich der Zeiger unweigerlich auf die Stunde und den Tag zubewegte, an dem er eine richtige Fracht und für die Fracht Bezahlung bekäme, von der er der Mannschaft die Heuer und den Hofherren ihren Gewinn ausbezahlen würde.

Als er sich ausreichend vergewissert hatte, dass die Zeit wirklich verstrich und der Zeiger sich bewegte, ging er an Deck.

Läuft ein großes Segelschiff auf Grund, spürt man das als Ruck in den Knien, im Unterleib und im Kopf. Für einen Moment fühlt man sich schwerelos. Erst wenn das Schiff wieder seinem Willen gemäß segelt, setzt auch die Zeit ihren Lauf fort, und alles auf der Welt ist wie zuvor. Genau dies, nämlich dass alles wie zuvor zu sein scheint, kommt einem gespenstisch vor, weil man weiß, dass womöglich gerade Wasser in den Rumpf läuft.

All das hatte Huurna schon als Jungmann in den Gewässern vor Oulu erlebt. Damals war die Bark bis nach Deutschland weitergesegelt, aber als sie zwei Monate später zurückkehrte und in die Werft gebracht wurde, wunderten sich alle, welch große Schäden sie bei der Grundberührung davongetragen hatte.

Der Boden eines Schiffes ist nicht von dieser Welt. Er verhandelt mit dem Meer, und bei diesen Verhandlungen greifen die sonderbarsten Algen, Wassergeister und unbekannten Lebensformen nach ihm. Er hält fast alles aus, so wie Männer und Frauen, die harte Arbeit verrichten, alles ertragen außer Mitleid: Fängt man an, sie für ihr Schicksal zu bedauern, verstummen sie und tun so, als verstünden sie nichts.

Als Jungmann hatte er in der Werft in Oulu den Schiffsboden zunächst begierig betrachtet, aber bald schon gezögert und sich am Ende ganz abgewandt, überzeugt davon, dass es besser war, in der Sonne zu bleiben und zu lächeln, solange einem noch danach zumute war, denn die Zeit des Schiffsbodens und seiner untrüglichen Wahrheit würde auf jeden Fall kommen. Als Wasser ins Dock gelassen wurde und der Schiffsboden verschwand, freuten sich alle; nun konnte man sich wieder mit den Dingen oberhalb der Wasseroberfläche beschäftigen.

Huurna kannte die Routen über die Nordsee und die Leuchttürme der norwegischen Küste. Er kannte die Strömungen und Sandbänke vor Skagen. Die Gewässer, die er nicht kannte, spähte er aus, und wenn er sah, dass der gleichmäßige Wellengang irgendwo brach oder brodelte wie in einem Topf mit Kartoffeln, umfuhr er die Stelle. Aber solche Kenntnisse und Sichtwahrnehmungen halfen nichts, wenn man in dichten Nebel geriet oder in einen nächtlichen Sturm, und sie wurden von beidem betroffen. Zuerst senkte sich Nebel herab, dann Dunkelheit, dann kam Wind auf, und all das geringe Wissen vom Loggen und Loten, das er glaubte sich angeeignet zu haben, verlor sich im Tosen der Wellen.

Es vergingen vierundzwanzig Stunden; am Tag sah man kein Land und in der Nacht nicht einmal das Meer, und das Schiff war von einer solchen Finsternis umgeben, wie man es sich selbst in einem stockdunklen Zimmer nicht vorstellen kann. In der ganzen Breite dieser Finsternis schlug ihnen der Wind entgegen. Der Sturm glich einem lebenden Wesen, das einen zwischen die Zähne nahm und über das ganze nasse Deck zerrte. Das Morgenlicht schien fern wie die Zukunft, man dachte nur an die nächste Welle, die das Wasser unter dem Kiel wegziehen und dann über dem Schiff ausgießen würde.

Der norwegische Steuermann redete bereits wirres Zeug von seiner Frau und seinen Kindern und dass er durchaus bereit wäre, sein Leben herzugeben, es ihm aber um die Kleinen leidtue. Auch Huurna hatte Angst, und einen großen Teil seiner Kraft verbrauchte er, um diese Angst zu verbergen. Ihm kamen allerlei Dinge in den Sinn, vor denen er sich im Leben überflüssigerweise gefürchtet hatte, und erkannte nun, dass der Sinn all des unnötigen Fürchtens und Klagens darin bestanden hatte, die Existenz des Todes zu vergessen.

Nach Mitternacht lief das Schiff krachend auf einer Sandbank auf.

Das knirschende Geräusch fuhr durch den Schiffsrumpf und die Schädelknochen. Huurna schloss daraus, dass der Boden leck war oder, falls nicht, dass die Brecher das Schiff auf jeden Fall in Stücke hauen würden, jetzt, da es auf Grund lag.

Seine elende Gestalt zeichnete sich im Schein der Fackeln ab, Huurna bekam Mitleid mit ihm, und er bekam Mitleid mit sich, weil er so gedankenlos gewesen war, mit einem derart unglücklichen Schiff in See zu stechen.

Es löste sich nicht von der Sandbank, kippte aber auch nicht, sondern zitterte im Sturm. Sie entfachten die Lotsenlichter, aber selbst wenn sie von irgendjemandem gesehen würden, könnten die Helfer nicht zu ihnen gelangen. Die Männer zogen sich die Korkwesten über. Die einen beteten, die anderen weinten, und der hartgesottene Kerl, von dem Huurna geglaubt hatte, er würde auch noch aufrecht stehen, wenn die Welt unterging, umklammerte ein Stück Tau wie ein Kind und schlotterte wie im Wechselfieber; ein Anfall von Wahnsinn schien ihn ergriffen zu haben. Niemand konnte ihm helfen, alle glaubten wohl weiterhin, dieser hartgesottene Mann habe einen hartgesottenen Einfall und wüsste, was jetzt genau die klügste Art zu überleben wäre. Was vielleicht auch stimmte, denn das Stück Tau mochte ebenso haltbar sein wie jede andere Stelle auf diesem knarrenden Schiff.

Es gelang ihnen, den Mast zu fällen, und sie hofften, diese Maßnahme würde das Schiff zusammenhalten. Alle beteten, dass irgendjemand dort in der Finsternis ihre Not bemerkte und ein Mittel fände, ihnen zu Hilfe zu kommen, aber je mehr man an einen solchen Heilsbringer dachte, umso weniger glaubte man an ihn.

In den frühen Morgenstunden blinkte vor dem Bug ein Licht auf. Huurna starrte in die Finsternis, bis der Augenhintergrund schmerzte, und betete, das Licht möge noch einmal aufleuchten. Es leuchtete auch auf, aber nicht in der Ferne, sondern neben dem Schiff, als hätte jemand die ganze Zeit zugeschaut, wie es ihnen erging. Ein Mann rief etwas auf Dänisch, Huurna antwortete auf Schwedisch, und der Mann brüllte erneut etwas. Das dänische Boot war groß, und es saßen Helfer in Korkwesten darin, die Huurna bedeuteten, ein Tau herüberzuwerfen. Das gelang, und zwischen zwei Wellen kam das Boot immer wieder ans Schiff heran, sodass ein Mann nach dem anderen am Boot vorbei ins Meer springen konnte.

Huurna sprang als Letzter vom Schiff, sank tief und wunderte sich darüber, weil das Schiff doch auf einer Sandbank stand. Er hatte das Gefühl, überhaupt nicht mehr aufzutauchen, er hörte nichts als blubberndes Rauschen. Als er endlich an die Oberfläche kam und wieder das Pfeifen des Windes und die Rufe der Männer hörte und neben sich Gestalten erkannte, die dem Rettungsboot zustrebten, schwamm er eilends an ihnen vorbei und kletterte überstürzt ins Boot. Sein Knie stieß jemandem in den Rücken, und seine Hand schlug gegen die Schulter eines anderen. Schon während seiner hastigen Rücksichtslosigkeit wunderte er sich über sich selbst, und erst, als er es ins Rettungsboot geschafft hatte und dort auf dem Boden lag, war es, als kehre er wieder in diese Welt zurück. Er ging auf die Knie und fing an, andere ins Boot zu ziehen.

Überall im Boot waren jetzt Männer. Der Däne fragte mehrmals nach ihrer Anzahl, und Huurna zählte und rief die Antwort, jedes Mal eine andere, aber schließlich einigten sie sich, dass nun alle zehn Männer in Sicherheit waren.

Sie fingen an zu rudern. Immer wenn das Boot den Grund berührte, sprangen die Dänen ins Wasser und brüllten und zerrten es frei und ruderten wieder, bis sie die Priele und Tümpel des Sandstrands erreichten, wo der Zorn des Meeres nicht hinkam.

Während des Anlegevorgangs saß er im Heck des Bootes und hoffte still bei sich, dass in der Dunkelheit keiner der Männer erkannt hatte, wer da über sie hinweggestürmt war, und dass es auch die Retter nicht bemerkt hatten. Lange genierte er sich jedoch wegen seines Verhaltens und konnte nicht verstehen, dass er sich als solches Ungeheuer entpuppt hatte, in dem so eine Kraft steckte.

Die Sonne schien durch die aus Fischergarn gehäkelten Gardinen. Auf der Wand flimmerte ein Blumenmusterschatten, leicht und schön, gerade so, als könnte niemand auf dieser Welt in Not geraten. Irgendwo in der Tiefe des Hauses wurde Klavier gespielt. Er bewegte sich, und diese Bewegung löste wie telegrafisch Schmerzen aus, in den Beinen, im Kopf, im Rücken und in den Händen. Er betastete seine Gliedmaßen, betrachtete das flimmernde Muster an der Wand und fragte sich, wo er war. An eines erinnerte er sich sofort: daran, wo sich sein Schiff befand.

Er hatte in den Morgenstunden die Retter begleitet und seine Männer in Häusern untergebracht und war schließlich in der Dachkammer des Pfarrhauses gelandet. Dort wunderte er sich nun über seine Empfindungen, über das Glück, überlebt zu haben, und über den Kummer, der dieses Glück überrollte. Wenn er die Augen schloss, ging er unter. Dann ließ er sich bis auf den Meeresgrund sinken und betrachtete die Luftblasen und Partikel, an denen er vorbeiglitt. Erst wenn ihm die Luft auszugehen schien, öffnete er die Augen und blickte auf das Flimmern des Blumenmusters an der Wand neben dem Bett.

Außer den Beinen, dem Rücken, den Händen und dem Kopf tat ihm die Brust weh, und das erinnerte ihn an den

Doktor in Lübeck, der die Ansicht vertreten hatte, seine Brustkrankheit komme von den Nerven und den schweren Prüfungen auf See. Er erinnerte sich auch daran, wie die Sturzwellen ihn in der Nacht übers Deck geschleudert hatten und wie heftig er im Rettungsboot gefroren hatte, und er versuchte zu verstehen, dass seine Brustschmerzen trotz der Unterkühlung und der Prellungen womöglich von einer Prellung der Nerven und einer Unterkühlung der Seele herrührten. Dieses Verständnis beseitigte die Schmerzen allerdings nicht; offenbar scherten sie sich nicht darum, ob er ihren Ursprung erkannte oder nicht.

Er wollte davonsegeln, aber er hatte kein Schiff. Er zog sich die Bettdecke über den Kopf, es drückte ihn so stark in der Brust, dass er schnell an etwas ganz anderes denken musste, an diesen Augenblick und an den nächsten, daran, dass das vom Sturm zerschmetterte Schiff aus Holz gemacht war und dass Holz überall in Wäldern wuchs, während er wiederum unversehrt in einem Bett lag und atmete und an der Wand neben dem Bett ein Blumenmuster flimmerte. Das Schiff trieb am Ufer entlang. Der Sturm hatte es in Wrackteile zerhackt, die auf den Wellen schaukelten. Im Wasser schaukelte allerlei: Holz, das in erstaunlich kleine Stücke zersplittert war, und graue Fetzen von den Segeln sowie hier und da Kleider, unter denen er vergebens versuchte, seine eigenen zu erkennen.

Das Telegrafieren schob er einen Tag auf, dann einen zweiten. Am dritten Tag schickte er ein Telegramm: SCHIFFBRUCH IM FLACHEN BEI SKAGEN. Die Antwort der Hofherren kam noch am selben Abend: WRACK VERKAUFEN. Er antwortete: SCHIFF IN EINZELTEILEN, und darauf die Hofherren: EINZELTEILE VERKAUFEN. Auf diese Idee war er nicht gekommen.

Sie trugen die Einzelteile des Schiffes auf dem Sandstrand zusammen, die Taue und zerrissenen Segel und das Holz, jeweils auf einem eigenen Haufen, und hielten eine Versteigerung ab, und was sich verkaufte, ging zum Spottpreis weg, und was nicht wegging, wurde verbrannt.

Die Männer reisten über Schweden nach Finnland oder heuerten in Kopenhagen irgendwo an; er wohnte den ganzen November im Pfarrhaus und schrieb sämtliche Berichte über den Schiffbruch, die von den Behörden verlangt wurden, und half im Pfarrhaus bei der Arbeit. Ein besonders wertvoller Arbeiter war er nicht, sondern ein kraft- und gedankenloser, der die Ofenklappe auf- und zumachte und dann nachsehen ging, ob er sie auf- oder zugemacht hatte.

Der Pastor sagte, die alltäglichen Verrichtungen seien für Huurna die beste Erholung; wenn er sich ihnen widmete, würden sie zu etwas Besonderem für ihn und er könne wieder daran denken, dass die Welt und das Leben überall auf ihn warteten und nicht nur dort, wo er mit seinen Gedanken jetzt war, bei Kümmernissen und Stürmen. Da hatte der Pastor recht, und das verblüffte Huurna; sein ganzes Leben lang hatte er darauf gewartet, dass ein Pfarrer etwas Vernünftiges sagte, und hier im dänischen Skagen war es nun der Fall.

Er grämte sich fleißig. Man konnte sagen, dass er sich immer grämte, wenn er nicht etwas tat, was seine Aufmerksamkeit in Anspruch nahm. Aber er verfügte auch über Mittel, mit dem Sichgrämen aufzuhören. Das einfachste Mittel bestand darin, zu schauen.

Zuerst genügte ein kurzer Blick. Auf das Objekt kam es nicht an, Hauptsache, er blickte einen Moment hin, und zwar so, dass er es wirklich sah. Nach dieser Anstrengung durfte er ausruhen und sich wieder dem Kummer hingeben, aber bald musste er erneut schauen, behutsam die Neugier hervorlocken. Beim dritten Mal konnte sich dann schon ein Gedanke einstellen, der etwas mit dem Objekt der Anschauung zu tun hatte.

So gelangte er durch Betrachtung anderswohin, nicht besonders weit, aber doch nach da, wohin er jeweils den Blick richtete, und wenn er von dort zurückkehrte, merkte er, dass er sich immerhin so weit bewegt hatte, dass er seinen Kummer aus anderem Winkel sah als zuvor, da der Kummer noch das gesamte Blickfeld ausgefüllt hatte.

In der Dachkammer des Pfarrhauses betrachtete er vieles. Die Wände, die Tischplatte, die Luft vor dem Fenster. Er betrachtete alles so lange, bis er anfing zu sehen. Garten und Bäume, Gras, Sand, dahinter das Meer mit seinen vielen Farben.

Er schlief schlecht und traumlos und wachte jeden Morgen in dem Bewusstsein auf, sein Schiff versenkt und alles verloren zu haben. Das Wissen darum fühlte sich an wie ein Schmerz oder wie der Ton eines Nebelhorns. Er hatte Angst vor dem Licht, das durch das Fenster fiel, und vor dem Vergehen der Zeit, aber auch davor, dass die Zeit womöglich nicht verging, und rollte sich unter der Bettdecke zusammen.

Im Dorf fühlte er sich stark. Unbefangen trat er den Menschen entgegen. Er vermutete den Ursprung dieses unerwarteten Stärkegefühls darin, dass er nichts mehr darstellen musste, auch er gehörte jetzt der Brüderschaft der Traurigen an, alles war offenbart, alles war eingestanden.

Jeden Sonntag hörte er sich die langen dänischen Reden des Pfarrers an; in der Kirche war ihm eine bezaubernde junge Frau aufgefallen, er hatte mit ihr ein freundliches Lächeln getauscht und seitdem darauf gewartet, sie wiederzusehen. An seinem letzten Sonntag in Skagen drückte er sich wieder lange im Zeughaus herum, musterte die Wappen und wartete auf die Frau, die er vom Lächeln kannte. Da von ihr nichts zu sehen und zu hören war, betrat er die Kirche und ging an der Wand entlang ans Ende einer Bankreihe. Dort saß die Frau, hinter einer Säule.

Sie errötete. Das brachte Huurna so aus der Fassung, dass er sich neben sie setzte und sich vorstellte und ihr erzählte, er werde bald in seine finnische Heimat reisen. Die Frau antwortete etwas auf Dänisch, das Huurna nicht verstand, dann senkte sie den Kopf. Auch er wandte sich ab und sah vor sich hin, spürte aber die Frau neben sich und hörte ihren Atem und begriff, dass sich ihre Brust hob und senkte. Die Haare hatte sie oberhalb des Ohrs mit einer kleinen, blumenförmigen Spange befestigt, auch das nahm er wahr, während er dasaß und dem dänischen Gottesdienst lauschte.

Er fuhr mit dem Dampfschiff nach Göteborg und von dort mit dem Zug nach Stockholm. Am Bahnhof von Göteborg geschah es, dass ihn eine Frau bat, ihren zehnjährigen Jungen in Obhut zu nehmen; der Junge war auf dem Weg nach Stockholm.

Huurna war von dem Auftrag ergriffen. Nach der Abfahrt des Zuges schenkte ihm der Junge jedoch keinerlei Beachtung mehr, sondern suchte sich als Idol einen Schweden aus, der auf einem Fensterplatz saß und dem Jungen Geschichten erzählte und mit ihm Karten spielte. Huurna hätte nun viel Zeit für sich gehabt, aber ihm fiel dafür keine Verwendung ein, er starrte in den Schoß, als wäre ihm dort etwas weggenommen worden.

In den ersten Januartagen reiste er von Stockholm aus auf Eiswegen über den Bottnischen Meerbusen nach Taivassalo, und von Taivassalo ging er zu Fuß heim nach Askainen. Am Loch von Louhisaari sah er zweihundert Meter entfernt in der Sonne Männer mit Winternetzen; er erkannte nicht, wer sie waren, aber man hob die Fäustlinge, denn man wusste, man kannte sich auf jeden Fall.

AUF DEM NORDPOLARMEER

Gleich nach seiner Heimkehr schilderte Huurna dem Gutsherrn Glad die Einzelheiten des Schiffbruchs, und eine Woche später riefen ihn die Hofherren zu einer Unterredung.

Diesmal versammelte man sich im Haus von Elomaa. Die Hofherren saßen im Saal, Huurna wartete in der Stube, bis er an die Reihe kam. Die Frauen hasteten hin und her, die Hausherrin und all die anderen, von denen Huurna nicht sagen konnte, wer zur Familie gehörte und wer zu den Mägden. Ihm schenkten die Frauen nicht einmal so viel Beachtung, dass sie ihn gebeten hätten, Platz zu nehmen; er stand in der Ecke, bis er genug davon hatte und zum Schaukelstuhl ging.

Der Schaukelstuhl war ein Modell für zwei Personen und auch sonst massiv. Huurna saß zunächst in der Mitte und breitete die Arme aus, aber weil ihm die Haltung zu prahlerisch erschien, legte er die Hände in den Schoß. In dieser Haltung kam er sich wie ein Kind vor, und er rutschte an den seitlichen Rand der Sitzfläche. Das schien ihm dann aber so auszusehen, als wünschte er sich jemanden neben sich, also stand er auf und setzte sich auf den Rand der Schlafbank an der Fensterwand.

Am anderen Ende der Bank döste zusammengerollt ein dunkler Hund. Er kümmerte sich nicht um Huurna, aber bald tauchte aus dem Flur ein zweiter, größerer Hund auf, war mit einem Satz neben Huurna und fing an, leise und gleichmäßig zu knurren. Die Häute an der Schnauze zuckten. Eine der Frauen tadelte im Vorbeigehen den Hund, mischte sich aber sonst nicht weiter ein, und als der Hund weiterknurrte, hielt es Huurna für das Beste, aufzustehen. Der Hund wurde müde und legte sich hin.

Nachdem Huurna genug herumgestanden und die liegenden Hunde betrachtet hatte, überkam auch ihn die Müdigkeit. Er trat an die Tür zum Saal, als habe er die Absicht, gleich hineinzugehen. Da merkte er, dass in einer Ecke der Stube eine Art Kinderschemel stand, und er maß ihn mit dem Blick ab und beschloss, dass er sich darauf jedenfalls nicht setzen würde. Aber bald fing sein unterer Rücken an zu schmerzen, und da niemand darauf zu achten schien, was er tat, ging er so, als wäre nichts, in die Ecke und setzte sich auf den Schemel. Er war lächerlich niedrig. Seine Haltung war vollkommen unnatürlich und sehr anstrengend für die Knie. Trotzdem wagte er es nicht, sofort wieder aufzustehen, sondern machte eine freundliche Miene, als fühlte er sich wohl. Er kauerte so lange auf dem Schemel, bis eine der Frauen kam und ihn, ohne etwas zu sagen, aufscheuchte; sie trug den Schemel zum Ofen und stieg darauf, um an die Drosselklappen zu gelangen.

Huurna begab sich wieder in die Nähe der Tür zum Saal. Dort stand er auch dann noch, als die Frau den Schemel zurückbrachte und sagte, der sei jetzt frei. Huurna erwiderte nichts, aber weil sich alle Frauen in der Stube zu ihm umdrehten, nahm er brav auf dem Schemel Platz.

Der Hofherr von Elomaa öffnete die Saaltür und erblickte Huurna auf dem Schemel. Sollte Elomaa die Absicht gehabt haben, etwas zu sagen, so tat er es nun nicht, sondern drehte sich wieder um. Huurna ging hin und spähte durch den Türspalt. Alle Hofherren schauten ihn aus dem Saal heraus an. Er zog den Kopf zurück, blieb einen Moment auf der Stelle stehen und trat dann so forsch und aufrecht in den Saal, als wäre er dort noch nie gewesen. Neben der Tür stand eine massive, lange Bank, auf der nahm er Platz, und dort saß er gut.

Es war kurz still im Saal, dann trat Gutsherr Glad in die Mitte des Raumes und räusperte sich, zum Zeichen, dass er das Wort ergreife. Er sagte, sie hätten sich beredet und ihre Entscheidung getroffen: Huurna solle sie in Turku bei den Vernehmungen der Seeversicherungsgesellschaft vertreten. Gutsherr Glad sagte auch, wenn die Entschädigung eines Tages eintreffe, würden sie noch einmal so viel drauflegen und mit dieser Summe ein neues Schiff anschaffen, mit dem Huurna die Meere befahren könne, um ihnen ihr Geld wieder hereinzuholen.

Die Hofherren nickten und fingen an, von dem Schiffbruch zu reden und über den entstandenen Schaden zu lamentieren und zu klagen. Fragen an Huurna hatten sie nicht.

Die Frauen kamen und servierten Kaffee und Kuchen. Huurna trank Kaffee, stopfte sich einen Hefewecken in den Mund und hörte den Reden der Hofherren zu, in denen bereits andere Dinge auftauchten als sein Schiffbruch. Als er später auf dem Heimweg allein auf dem Anleger des Postboots saß, wunderte er sich geradezu, wie sicher es ihm allmählich erschien, dass es auf der Welt tatsächlich auch noch andere Dinge gab.

Den Winter und das Frühjahr über wohnte er bei seinen Eltern und kümmerte sich um die im Haus anfallenden Arbeiten und um seine Brustkrankheit; er hatte sich kurz nach der Schiffsversammlung bei den Hofherren verkühlt.

Das Kontor der Seeversicherungsgesellschaft in Turku besuchte er drei Mal, um die Fragen der Herren dort zu beantworten und um im kalten Vorraum zu sitzen und auf die Entscheidungen zu warten. Durch die Fenster sah man die Kreuzung von Brahenkatu und Linnankatu. Dort stapften die Menschen durch den Schnee. Für ihn sah es so aus, als habe sich keiner der Fußgänger da unten des Versenkens eines Schiffes schuldig gemacht.

Wie er so im Vorraum der Seeversicherungsgesellschaft saß und hustete, beschloss er, mit der Seefahrt ganz aufzuhören. Er beschloss auch, den Hofherren seinen Entschluss nicht mitzuteilen; er würde einfach aufhören, zur See zu fahren.

Aber als er nach der Rückkehr aus der Stadt in seinem Heimatort auf Gutsherrn Glad stieß, verriet er ihm seinen Beschluss sofort. Der Rausch der Stadt, der ihm an den Rockaufschlägen haften geblieben war, hatte ihn wohl überrascht, und auch wenn er sich über diesen Zug von Eigenständigkeit wunderte, war er erleichtert, das Ganze nun ausgesprochen zu haben: Wegen Seepechs würde er nicht mehr aufs Meer zurückkehren.

Gutsherr Glad sagte, sie hätten ihn nicht um Seeglück gebeten, sondern darum, mit ihrem Schiff zu segeln.

Die Entscheidung der Seeversicherungsgesellschaft ließ auf sich warten. Zu Hause war seine Mutter unruhig und betete für ihn, und sein Vater ging fischen und erzählte, er denke schwer an Vilhelms Angelegenheiten. Was er über sie dachte, erzählte er nicht.

Bei der letzten Anhörung erklärte die Direktion der Seeversicherungsgesellschaft Huurna für unschuldig. Man hielt ihm zugute, dass in der Schadensnacht insgesamt fünf Schiffe untergegangen waren. Die Versicherung versprach, den Eigentümern die volle Summe zu erstatten, über welche die *Reipas* versichert gewesen war.

Er verließ das Gebäude der Seeversicherungsgesellschaft. Es war Frühling. Menschen gingen vorbei, sie kamen ihm jetzt alle bekannt vor. Gemeinsam mit ihnen gab er auf der Welt sein Bestes. Ihm fiel auf, dass er schon lange nicht mehr gehustet hatte, und er ging in ein Café und schrieb einen Brief nach Wyborg an das entzückende Fräulein, mit dem er zweimal ein Lächeln und einmal einen Kuss getauscht hatte.

Die Hofherren kauften in Rauma eine Bark, der Zimmermann schnitzte dafür ein neues Namensschild, und Ende Mai war die *Reipas II* bereits auf See. Sie brachten Holz von Wyborg nach Valencia und Schüttgut nach Hull, und die Fahrten gingen fix vonstatten, denn die *Reipas II* war größer als die erste *Reipas*, und wenn er die Bugwelle seines großen Schiffes betrachtete, ärgerte sich Huurna über sein früheres Ich und fragte sich, warum er sich hinter den anderen geduckt hatte, anstatt selbst zu glänzen und mit dem Bug Wellen zu schlagen. In diesem Gefühl der Stärke versprach er, eine Fracht nach Archangelsk zu bringen. Das Schiff wurde mit Ziegelsteinen und Zement beladen sowie mit tonnenschweren Maschinen und kleineren Maschinenteilen, die von den Sägewerken in Archangelsk angeblich dringend erwartet wurden.

In der Nacht vor der Abfahrt schlief er schlecht und wachte früh auf und erinnerte sich sofort, wohin sie nun aufbrachen. Das Gefühl der Stärke war verschwunden und an dessen Stelle Verwunderung getreten: Welcher Anfall von Wahnsinn hatte ihn zusagen lassen, aufs Polarmeer zu fahren? Er kam erst hoch, als er sich an die Verheißung der Kirchenmänner erinnerte: Gottes Gnade ist jeden Morgen neu. Er sah darin nicht so sehr die geistliche Fürsorge, sondern das irdische Wunder, dass man auch nach einer Nacht der Verzweiflung schon am nächsten Morgen wieder seinen Fähigkeiten vertrauen konnte, sobald man mit anderen Menschen die ersten Worte gewechselt hatte, und genau das beschloss er nun zu versuchen.

Auf dem Polarmeer schien die Sonne Tag und Nacht, und es ging erstaunlich gut voran, so wie fast immer bei Arbeiten und Aufgaben, vor denen man große Angst gehabt hat.

Im Hafen von Archangelsk lagen die Schiffe wie in den Fächern eines Sammlers. Sie warteten auf Holzladungen von den örtlichen Sägewerken, in denen die Arbeit stillstand, weil ihnen die Maschinen und Maschinenteile fehlten, die Huurna mit seinem Schiff jetzt brachte. Als die Ladung gelöscht war und man die Maschinen installiert hatte, kam allmählich die erste Ware aus den Sägewerken. Huurna und seine Besatzung mussten am Ende der Schlange warten, und während die anderen Schiffe eines nach dem anderen ausliefen, warteten sie in Archangelsk immer weiter. Huurna war das recht, denn er hatte gleich in den ersten Tagen Bekanntschaft mit zwei englischen Kaufleuten geschlossen und durch sie Einladungen zu Feierlichkeiten erhalten und in Sälen herumgestanden und auf dieses und jenes angestoßen und bezaubernde Frauen kennengelernt, denen er gern ein weiteres Mal unter die Augen treten wollte. Der Rausch des unerwarteten Gesellschaftslebens rührte ihn geradezu und ermunterte ihn zu dem Gedanken, dass er in seinem Leben eigentlich keinen Grund zum Klagen hatte, außer über den Umstand, dass er noch Junggeselle war.

Er hatte sein Gedächtnis immer für schlecht gehalten, aber an alle Frauen, die ihn je zurückgewiesen hatten, erinnerte er sich gut. Er erinnerte sich an ihre abweisenden Mienen und Körperhaltungen und an ihre bedauernden Blicke, und er erinnerte sich an die Orte, an denen sie ihn abgelehnt hatten, an die Wetterlage und die Lichtverhältnisse, und er erinnerte sich an den Weg, den er anschließend gegangen war, in Gedanken bei seinem Scheitern und seiner Ungeschicklichkeit.

Auf solchen einsamen Wegen begriff er jedes Mal, wie wenig er der anderen Person gesagt hatte und wie stockend er das Wenige herausgebracht hatte, und das ärgerte ihn, belustigte ihn aber zugleich so, dass er grinsen musste und große Lust bekam, sich mit jemandem zu unterhalten.

Im Hafen von Archangelsk dachte er an die Mienen, Körperhaltungen und Wetterlagen von Wyborg zurück. Dort hatte man ihn nicht zurückgewiesen, aber man hatte sich von ihm verabschiedet: Er hatte das entzückende Fräulein getroffen, mit dem er mehrmals ein Lächeln und einmal einen Kuss getauscht und dem er im Frühling freundliche Briefe geschrieben hatte. Sie waren sich zufällig im Park des Stadtteils Tervaniemi begegnet, er war von diesem Wiedersehen begeistert gewesen, und auch das Fräulein hatte ihn fröhlich begrüßt, und als er sich lebhaft nach ihrem Befinden erkundigte, rief die Frau aus, sie habe geheiratet, und hielt ihm stolz die Hand hin, um ihm den Ring zu zeigen. Er hatte ihr gratuliert. Dann hatten sie sich gegenseitig alles Gute gewünscht.

Er hatte über den Vorfall mit niemandem in Wyborg geredet, auch nicht in Valencia, Hull oder auf dem Polarmeer, aber der Steuermann dürfte etwas geahnt haben, denn er wollte noch im Hafen von Archangelsk wissen, ob ihn die Mädchen in Wyborg schlecht behandelt hätten, da er ein so finsteres Gesicht mache; ob der Käpt'n etwas unvollendet in der Stadt Wyborg zurückgelassen habe.

An der Seefahrtschule hatte man es den künftigen Kapitänen und Steuermännern untersagt, sich untereinander und mit der Mannschaft anzufreunden, aber der Zweite Steuermann der *Reipas II*, ein Klotz aus Kokkola, anderthalb laufende Meter, hatte von diesem Verbot nichts gehört. Er schloss mit allen Bekanntschaft, erkundigte sich, was es Neues gab, und sprach dann darüber wie über gemeinsame Angelegenheiten.

Über den Steuermann selbst wusste Huurna, dass dieser sich nach den Wäldern sehnte, danach, durch lichten Baumbestand zu wandern und auf Wildwechseln gegen den getrockneten Mist von Elchen zu treten. Das Meer hielt der Steuermann für eintönig und für langweiliger als die ostbottnischen Wiesen bei Liminka; durch die Wiesen konnte man stiefeln, aber das Meer käute von einem Rand der Welt zum anderen ständig die gleichen blauen Wellen wieder, zwischen denen man als Mann dann feststeckte. Er erzählte, er fahre nur deswegen zur See, weil er den Pfarrern geglaubt habe: Er werde in der Hölle landen, hatten sie gesagt, und die kam ihm als Ort so langweilig vor, dass er sich vorgenommen hatte, zuvor in jedem Hafen dieser Welt zu sündigen.

Der Steuermann hatte ein schmutziges Mundwerk. Das amüsierte Huurna, aber da er selbst kein Sprücheklopfer war, hatten seine Repliken einen offiziellen Beigeschmack und klangen so, als würde er den Steuermann rügen. Dieser störte sich nicht an der Ungleichheit des Gesprächs; Menschen, die frei von der Leber weg reden, besitzen eine erstaunliche Fähigkeit, sich nicht an Ungleichheiten zu stören. Gerade das macht sie ja zu frei von der Leber weg Redenden.

Besonders blieb Huurna die Antwort im Gedächtnis, die der Steuermann all jenen Männern gab, die sich über einen Verdruss oder einen Schmerz beklagten: »Ein Mann hat immer was – tut ihm der Zahn nicht weh, steht ihm der Schwanz.«

Die Stadt Archangelsk lag so weit ab von der Welt, dass einem das eigene Schiff im stillen Hafen ganz besonders vertraut vorkam. Auch die Mannschaft kam Huurna wie seine eigene und vertraut vor, und viele Male hatte er Lust, sich mit den Männern zu unterhalten, über ihre und seine Angelegenheiten, aber seine Versuche versiegten schon beim ersten förmlichen Gruß. Untereinander schienen die Männer über alles zu reden, über Heimweh und Kneipen und Schnaps und Mösen; auf Schiffen wird nicht darum herumgeredet, und in den Häfen läuft man nicht mit einem Blumenstrauß in der Hand durch die Gegend, auf dem Weg zum Klavierkonzert der Frau des Propstes.

So wie ein Mann, der tagelang Salzhering isst, Durst bekommt, bekam Huurna große Lust, mit jemandem wie mit einem echten Freund zu reden, und in einem solchen Moment unzügelbarer Einsamkeit ging er zu dem Steuermann aus Kokkola und offenbarte ihm alles, sein ganzes Leid und all seine

Verzweiflung und die Enttäuschung von Wyborg. Der Steuermann hörte ihm still zu, eilte dann in seine Kajüte und kehrte bald darauf zwinkernd und mit verschwörerischem Gesichtsausdruck zurück und reichte ihm seine Sammlung pornografischer Postkarten. Die dürfe er sich borgen, solange er wolle, versprach der Steuermann.

Als Huurna später in aller Ruhe die Sammlung durchblätterte, musste er zugeben, dass diese Bilder in gewisser Weise einen Bezug zu seinem misslichen Zustand aufwiesen und diesen durchaus linderten, wenn auch nur kurz.

Am 8. Oktober kamen die Engländer in den Hafen und warnten ihn. Niemand, der noch aufs Meer hinauswollte, habe sich je bis so weit in den Herbst hinein in Archangelsk aufgehalten.

Er beeilte sich, eine Ladung zu bekommen, aber doch nicht so sehr, als dass er keine Zeit gefunden hätte, das eine oder andere Mal in Sälen herumzustehen und das Glas zu erheben, und im Anschluss an ein solches Fest machte er einen Heiratsantrag.

Die Frau war karelischer Abstammung, unter ihrem bunten Rock blitzten leichte, zarte Waden auf, die zu betrachten Huurna Gelegenheit hatte, als sie auf den komischen hölzernen Bürgersteigen dieser Stadt gingen. Es fügte sich außerdem so glücklich, dass sie bei diesem Spaziergang ein Brautpaar sahen, und da verfiel Huurna in einen Rausch und versuchte es mit Elan. Er deutete auf das Brautpaar und sagte, sie beide könnten so etwas in der Art vielleicht auch.

Am nächsten Tag befahl Huurna beim Einsetzen der Flut, die Leinen zu lösen. Sein Husten war schlimm geworden, und er trank Alkohol gegen die Krankheit.

Das Schneegestöber setzte ein, sobald sie den Hafen von Archangelsk und den Schlepper hinter sich gelassen hatten. Sie nahmen Kurs auf das Nordpolarmeer, von wo sie über die Nordsee nach England fahren würden, aber zuerst mussten sie durch die Untiefen des Weißen Meeres kommen.

In der schmalen Fahrrinne drehte sich der Wind und blies von vorn. Von der Welt sah man gerade eine Schiffslänge. Schnee und Feuchtigkeit gefroren auf dem Deck. Auf der Hinfahrt war es auf den großen Meeren des Nordens sogar nachts hell gewesen, während jetzt auch tagsüber Dunkelheit herrschte. Gegen den Himmel konnte man das Schneegestöber erkennen, vor dem Bug hingegen erkannte man nichts als die eigene Angst.

Ein mit Schnee bedecktes Schiff, während es weiter schneite, unter ihm das schwarze Meer, über ihm der düstere Himmel und in der Ferne die Finsternis des Arktischen Ozeans – kälter konnte es ein Mensch auf dem Meer nicht haben, aber sie fuhren noch größerer Kälte entgegen. Wenn man jedoch einmal aufgebrochen ist, muss man aus dem Wind herausholen, was man kann, sich an ihn klammern und hoffen, dass man den nächsten Moment überlebt und nach diesem auch noch den übernächsten.

In der Zufahrt zum Arktischen Ozean ließ das Schneegestöber nach, und der Himmel riss auf, sodass man die Sterne sah. Der Wind hingegen nahm zu, die Wellen wurden höher und warfen das Schiff hin und her wie ein Boot aus Rinde. Auch die Männer der Freiwache standen alle an Deck und hielten fest, was sie fassen konnten.

In seinen Jahren als Deckmatrose hatte Huurna in der Not auf den Kapitän geschaut und gehofft, die bärtige Vaterfigur würde sie in Sicherheit bringen, aber als Kapitän konnte er nur auf sein Schiff schauen und in dessen knarrendem Wesen nach Garantien auf die Zukunft suchen. Da er diese nicht zu finden schien, wandte er sich an den Himmel, und da auch von dort keine Hilfe kam, atmete er bloß noch und nahm den einzelnen Augenblick entgegen, diesen und den nächsten, und dachte, es ginge durchaus an, dass er aus der Welt verschwand, schließlich wartete nichts von so großer Besonderheit auf ihn, als dass er nicht auch in diesem Sturm untergehen könnte.

Das einzig Kostbare, für das er in seiner Not ein Wort fand, war der Frühling; dass er noch einmal den Frühling erleben dürfte. Das Wort beinhaltete all das, woran zu denken er jetzt nicht kam, die milden Tage Anfang April, die Wand des Speichergebäudes und den Sonnenschein, den Himmel, an dem die Wolken Platz zum Ziehen hatten, das klare Wetter, das bis weit in den Abend hinein anhielt, und die freien, offenen Ufer.

An den Frühling dachte er im Sturm auf dem Eismeer. Dieser Gedanke führte ihn zu dem Entschluss, sich auch dann an das Schiff zu klammern, wenn es kentern und bis an den Rand der Welt und darüber hinaus treiben sollte, denn ein Schiff aus Holz, das mit Holz beladen war, würde nicht sinken.

In der zweiten Nacht legte sich der Wind. Huurna ging in seine Kajüte und dankte dem Schiff und dem Himmel und etwas, das er still bei sich den Frühling nannte, und schlief ein.

Im Alter von fünfzehn Jahren hatte er begriffen, dass er ein Glückspilz war: Ihm würde es immer wohl ergehen. Später geriet das Gefühl in Vergessenheit, so wie der Körper die Jugend vergisst, und daraus schloss er kühl, dass es keine

Glückspilze gab. Das Leben kam einem nur leicht vor, wenn man den Schutz der Heimat noch nicht verlassen und noch nicht sonderlich viel erlebt hatte. Dann bemerkte die Welt auch ihn, und ihm widerfuhren die gleichen Unannehmlichkeiten wie den anderen.

Anstelle seines verlorenen Glücks wählte er den Aberglauben und fing an, sich mit Zaubersprüchen zu schützen. Das war eine einsame Angelegenheit. Nicht einmal von Gott erhält man Schutz, wenn man sein Gebet nur nach den eigenen Gelüsten formuliert, und er hatte gar keinen Gott, er musste sich alles auf eigene Faust zum Guten zaubern.

In der Stunde der schlimmsten Müdigkeit konnte er seinen Aberglauben und sein Hoffen kurz aufgeben und selig denken, es ist, wie es ist, aber sobald die Kräfte zurückkehrten, fing er wieder an, das Glück zu beschwören und zu hoffen, es werde doch noch einmal um ihn herum flimmern. Manchmal nahm das Glück den Wunsch entgegen, manchmal nicht, Glück ist Glückssache.

Er wachte vom Ruf des Ausgucks auf, zwängte sich durch die Schichten des Schlafs, zog sich Pullover und Ölzeug über und ging an Deck. Dort riefen die Männer nun alle durcheinander. Auch er sah, dass sich ihnen ein unbeleuchtetes Schiff näherte, die hellen Segel schimmerten im Dunkeln. Der Mann am Ruder hatte den Kurs geändert, der Ausguck rannte umher, um die Laternen zu kontrollieren, und die Männer brüllten mit weit offenen Mündern, verstummten jedoch einer nach dem anderen, bis es schließlich ganz still wurde.

Alle starrten wortlos und wie angewurzelt auf den Eisberg. Es erschien ihnen unnatürlich, so dicht bei etwas so

Großem zu sein. Stumm und erhaben trieb der Eisberg zuerst auf sie zu und dann an ihnen vorbei und verschwand, ohne einen Laut von sich zu geben, in der Finsternis, aus der er aufgetaucht war. Ein dumpfes Gefühl durchfuhr ihn, wie als Kind, wenn er vom Ruderboot aus den Meeresgrund gesehen hatte, eine andere Welt, in der man sich alles Mögliche vorstellen konnte, zum Beispiel die Leiche des Vaters. Auch der Eisberg war ein Reich für sich, viel zu groß, als dass man es überblicken konnte, und er merkte jetzt, dass ihn gar nicht alle betrachten wollten, sondern dass viele die Köpfe senkten wie vor Müdigkeit.

Als sie den Eisberg passiert hatten und bei gleichmäßigem Wind in Richtung Süden segelten, dachte er, dass es auch für einen Erwachsenen besser wäre, manches nicht zu sehen, so wie man einem Kind die Augen vor den Schrecken der Welt zuhielt. Das gesamte Arktische Meer erschien ihm zu groß, und ganz besonders galt das für den Eisberg, dessen bedrohliche Gestalt ihm nicht aus dem Sinn ging. Von der Größe her zum Betrachten geeignet kamen ihm Fass und Pferd vor, von den kleineren Gegenständen vielleicht Getreidekörner und die einzelnen Zacken einer Schneeflocke, die er nun auf dem dunklen Stoff seiner Jacke erkannte.

AUF REEDE VOR LIVERPOOL

Am Ziel in Liverpool zollte man ihrer Segelfahrt große Achtung. Die Hafenkapitäne sagten, noch nie sei jemand so spät im Herbst aus Archangelsk nach England gekommen. Huurna fing an, sich selbst zu achten, und er vergaß seine missglückte Brautwerbung in Archangelsk und ahnte, dass in ihm verborgene Kräfte schlummerten. An all das Gute tastete er sich allein bei sich heran; unter Menschen reagierte er verlegen auf das Lob, das er erntete, und verheimlichte sein Glück.

Zwei Tage später, als kein weiteres Lob mehr zu hören war, begann er dann, das Verheimlichen seines Glücks zu bereuen, und er beschloss, von nun an jeden Dank mit resolutem Lächeln entgegenzunehmen und auch seine sonstigen Gefühle zu zeigen, Freude, Trauer und Scham. Sein Entschluss hatte keinen Bestand, aber es kam ihm schon wie eine Errungenschaft vor, sich überhaupt dazu vorgetastet zu haben.

Es war Ende November, allmählich hatten sie es eilig, nach Finnland zu kommen, bevor dort die Häfen zufroren. Eine Rückladung war jedoch nicht in Sicht, und die *Reipas II* lag immer weiter in Liverpool auf Reede.

Er telegrafierte an die Hofherren und berichtete von den Einnahmen durch die Last aus Archangelsk und erhielt zwei Tage später eine Antwort mit der Erlaubnis, ohne Fracht nach Finnland zu kommen, um dort zu überwintern. Als Ballast wurden vierzig Last Sand geladen.

Am Tag der Abfahrt verhedderten sich die Ankerketten. Erst in der Abenddämmerung konnten sie aufbrechen. Im selben Moment, in dem die Segel gesetzt wurden, tauchte ein Dampfschiff aus der Dunkelheit auf und rammte mit einer solchen Wucht die eine Bugseite der *Reipas II*, dass Huurna befürchtete, das ganze Schiff sei geborsten. Der Steuermann fluchte brüllend und rief nach dem Dampfschiff um Hilfe, doch dieses verschwand mit unverminderter Geschwindigkeit in der Finsternis. Die Männer rannten hin und her, und der Ausguck kletterte eilends an einem Seil den Bug hinunter. Im Schein der Fackeln konnten alle sehen, dass die Flanke bis zur Wasserlinie und darunter gesplittert war. Sofort machten sie sich daran, die Rettungsboote auszurüsten und zu Wasser zu lassen.

Eine halbe Stunde später ruderte die Besatzung von zwölf Mann in zwei Booten in den Hafen zurück. Huurna saß im Heck des zweiten Bootes und blickte hinter sich. Im Licht des Mondes war die Takelage des sinkenden Schiffes zu erkennen. Wenig später verschwand der Mond hinter den Wolken, und Huurna konnte beim besten Willen nicht mehr ausmachen, ob etwas Sichtbares über Wasser blieb. Mit beiden Händen umklammerte er den Rand des Rettungsbootes, das dick lackierte Holz, das sich sehr stabil anfühlte. Das ganze Rettungsboot kam ihm neu und unbenutzt vor, und ihm fiel ein, dass so ein massiv gebautes Boot eine wertvolle Sache war.

Im Hafen von Liverpool wunderte man sich über den Untergang der *Reipas II*. Die Hafenbeamten behaupteten, auf der Liverpooler Reede sei seit Jahrzehnten kein Schiff gesunken. Der Kapitän eines Dampfschleppers erinnerte sich, dass vor dreißig Jahren eine italienische Bark vor der Reede gesunken war, aber die anderen unterbrachen ihn und sagten, das Schiff sei in die Werft gebracht worden und segle noch immer über die Weltmeere, im Gegensatz zum Schiff dieses finnischen Kapitäns, das nun auf dem Meeresgrund liege.

Die Hafenbeamten fragten Huurna, ob auf seinem Schiff überhaupt Lampen gebrannt hätten oder ob sie womöglich ausgegangen seien; die Beamten schauderte es allein bei dem Gedanken, dass Huurna womöglich mit einem unbeleuchteten Schiff gesegelt war. Sie sagten auch, sie stellten sich mit Entsetzen die Verblüffung des Dampfschiffkapitäns vor, als plötzlich ein unbeleuchtetes Segelschiff aus der Dunkelheit auftauchte. Einer der Männer gab mit ernster Miene zu bedenken, dass es den Passagieren des Dampfschiffes bei dem Unfall viel schlimmer hätte ergehen können und dass Huurna in dem Fall schwer bestraft worden wäre, doch jetzt könne man ihm wenigstens den Umstand zugutehalten, dass dem Dampfschiff offenbar nichts passiert war.

Huurna sah die Hafenbeamten an und versicherte ihnen dann, die Lichter hätten gebrannt und der Ausguck könne das bestätigen. Als die Hafenbeamten darauf nicht antworteten, räumte Huurna ein, über keine weiteren Beweise zu verfügen, denn bei dem Aufprall seien die Buglampen zersplittert und die Scherben lägen nun wie sein ganzes Schiff auf dem Meeresgrund, aber dessen, dass die Lampen gebrannt hatten, sei er sich so sicher wie dessen, dass sie jetzt erloschen waren.

Huurna war zufrieden, auch in der Erregung die richtigen englischen Wörter zu finden und in die richtige Reihenfolge zu bringen, und während er sprach, hatte er das Gefühl, dass, was die Lampen betraf, der Fall nun beendet war. Aber sobald er verstummte, setzten die Hafenbeamten das Gespräch über das Thema fort, als wäre seine Stellungnahme nur eine Meinung unter vielen. Das verblüffte ihn, aber als er es bedachte, musste er eingestehen, dass es noch nichts bewies, wenn man die Wahrheit sagte. Sobald er das begriffen hatte, wurde er still, und wahrscheinlich sah er aus, als hätte er selbst Zweifel an seinen Worten und am Brennen der Buglampen, denn die Hafenbeamten musterten ihn nun lange. Aber ebenso lange musterte er die Hafenbeamten, denn er wusste, wie es gewesen war, und empfand daher eine feste Kameradschaft mit der Wahrheit, die auf Gegenseitigkeit beruhte.

Jeden Tag ging er vom Wohnheim der skandinavischen Seemannsmission in die Stadt. Dort traf er sich mit Vertretern der Behörden, setzte ihnen den Untergang des Schiffes auseinander und gab Stellungnahmen gegenüber der Seeversicherungsgesellschaft ab, die einen Repräsentanten von Turku nach Liverpool geschickt hatte. Wenn er durch die Stadt ging oder von dort zurückkam, war er ein Fußgänger unter vielen. Dann brauchte er niemandem das Schicksal seines Schiffes zu erklären, musste nicht als Kapitän an Deck stehen, nicht über Ladungen verhandeln, nicht im Sturm segeln und schon gar nicht sein Schiff versenken. Früher oder später schienen sie immer zu sinken, zumindest seine Schiffe, aber womöglich auch die von anderen. Wenn er zu Fuß ging, war er frei und konnte die Arme schwenken.

Viele Male überlegte er, ob er in der Schadensnacht etwas hätte anders machen können, was nun aus ihm werden solle, welche Arbeit er übernehmen werde. Vergangenheit und Gegenwart erschienen ihm vollkommen gestaltlos, er war zwischen sie geraten, tastete nach der Straße unter seinen Füßen. Er musste lächeln, als er merkte, dass er trotz allem weiterhin einen Schritt nach dem anderen tat.

Der Mann von der Seeversicherungsgesellschaft nahm Huurnas Aussagen unparteiisch zur Kenntnis und wägte ihre Richtigkeit gründlich ab. Huurna bekam ein positives Bild von dem Mann. Dies führte jedoch nicht zu einer kameradschaftsähnlichen Zusammenarbeit, denn in seiner Freizeit war der Mann ebenso zurückhaltend wie bei seiner Arbeit, sodass sich Huurna nicht vorstellen konnte, mit ihm über Dinge zu reden, über die Männer, die tagelang in Liverpool festsaßen, sich gemeinhin unterhalten mochten. Bei manchen Menschen ahnt man gleich, dass sich mit ihnen keine Vertrautheit einstellen wird: Man selbst ist echt und normal, aber der andere sonderbar und distanziert.

Er sah sich den Bug der Dampfschiffe genau an und suchte nach Anzeichen, die von dem Aufprall zurückgeblieben sein mussten, auch bei einem Schiff aus Eisen. Er fand keine. Die Seerechtsbeamten fingen bereits an zu zweifeln, ob das Dampfschiff überhaupt existierte. Er fragte sie, wie er dann sein Schiff versenkt haben solle. Die Beamten erwiderten, genau das wollten sie herausfinden.

Manche Menschen besitzen einen Sinn für das Wesentliche, und wenn man solchen Menschen begegnet, bekommt man das Gefühl, dass man sie für verantwortungsvolle Aufgaben auswählen müsste, damit sie über die Angelegenheiten ganzer Staaten entschieden. Offenbar ist dem auch so, denn die Kompetenz der Seerechtsbehörde von Liverpool erwies sich als nicht hinlänglich. Dort wurde nicht einmal überprüft, welche Dampfschiffe am Schadensabend unterwegs gewesen waren.

Für die Dauer der Ermittlungen wurde Huurnas Kapitänspatent eingezogen. Freilich hatte er auch gar keine Lust, das Kapitänsamt auszuüben, und überdies kein Schiff, auf dem er das hätte tun können.

Die Hofherren schickten der Mannschaft von Finnland aus die Heuer, und die Männer reisten entweder nach Hause oder zu den Meeren des Südens. Huurna blieb, und bald plagten ihn Geldnot, Brustschmerzen und Husten. Er verkaufte den Kompass und den Chronometer und andere Gegenstände, die er vom Schiff mitgenommen hatte.

An Besitz blieben ihm eine Garnitur Kleidung, die Kapitänsjacke und das Logbuch, dessen letzter Eintrag vom 8. Dezember stammte: »Ärger mit den Ankerketten.« Auf der vorhergehenden Doppelseite hatte er sein Schiff gezeichnet. Das Bild war gut geworden, man konnte die Einzelheiten der Takelage und das Achterdeck erkennen. Es kam ihm sonderbar vor, die Zeichnung zu betrachten, weil sie existierte, weil sie das Existenteste war, was vom Schiff übrig blieb.

Er ging zum Arzt, bekam aber keine Hilfe gegen seinen Husten. In seiner Unterkunft lag er mit dem Kopf zur Wand auf dem Bett und hustete. Die Stunden wurden lang, aber schließlich fand er in seinem Zustand Trost: Wenn ihn die Brustkrankheit jetzt dahinraffte, wäre er mit einem Schlag alles los, die Untersuchungen der Havarie seines Schiffes, die Geldsorgen und die Brustkrankheit, und diese Hoffnung erschien ihm so niederträchtig, dass er sich gleich stärker fühlte.

Weil die Brustkrankheit ihn doch nicht vor künftigen Brustschmerzen verschont hatte, beschloss er, an sein Schicksal zu glauben und unter Menschen zu gehen. Er war jetzt so schicksalsgläubig und unbekümmert und lässig, dass er gleich zwei entzückende Fräuleins kennenlernte. Die Erste war allerdings eine Diebin, sie führte ihn bis an ihre Tür, verschwand dann aber, und an ihrer Stelle tauchten zwei Männer auf, an die er sein letztes Geld verlor.

Sein Herbergsvater bezahlte das Telegramm nach Finnland, und die Hofherren schickten ihm Geld »für künftige Diebstähle und die Heimreise«.

Das zweite Fräulein war jedoch anständig, und Huurna beschloss, sich zu beeilen, damit nichts Unangenehmes zum Vorschein käme, sondern alles anständig und schön bliebe. Schon bei der dritten Verabredung trug er sein Anliegen vor, zuerst unbeholfen darum herumredend und dann stockend, und obwohl er schon beim ersten Blick des Fräuleins alles begriff, bekam er seinen schmeichlerisch glücklichen Ausdruck nicht aus dem Gesicht; es pochte in seiner Brust und rauschte in seinem Kopf, und vor seinen Augen funkelte die erstaunliche Zukunft, die er sich bereits ausgemalt hatte.

Still ging man dahin. Huurna hoffte, die peinliche Angelegenheit könne durch das Schweigen getilgt werden, so wie der Abend in der Nacht verschwindet, aber im Augenblick des Abschieds sagte die Frau zu ihm, er sei ein überaus angenehmer Mann, wenn nur nicht … Sie verstummte kurz, dann fuhr sie fort: Wenn sie nur nicht einen Verlobten in der Stadt Birmingham hätte.

Wehmütig-glücklich kehrte Huurna in seine Unterkunft zurück. Er war bewegt von dem Wohlwollen und dem echten Wohlgefallen, das die Frau ihm gegenüber bezeigt hatte. Noch am folgenden Tag dachte er an dieses Glück zurück und fragte sich, ob er doch zu demütig war und ob ihn genau dieser Zug so oft allein und wehmütig-glücklich nach Hause gehen ließ.

In Liverpool geschah es dann, dass er für den Verkehr mit einer Frau bezahlte. Er hatte sein Kapitänsrecht verloren, und eine reizende Frau hatte ihn beraubt und eine zweite zurückgewiesen, und er war trotz seines dunklen Bartes und seiner dreißig Lebensjahre ein sehr unerfahrener Mann auf dem Gebiet des physischen Zusammenseins mit einer Frau.

Er blieb nicht im Hafenviertel, sondern fand ein Haus in der Vorstadt. Noch auf der Straße zitterten ihm die Knie, aber an der Tür wurde er in eine solche Meeresströmung hineingezogen, dass er sich erst wieder an sich selbst erinnerte, als er am Nachmittag zurück auf die Straße trat. Da kam sein Schwung dann allerdings so jäh ins Stocken, dass er fast gestürzt wäre, außerdem gelüstete ihn sehr nach einem Glas Wasser.

Man weiß nie, welche Erfahrungen im Gedächtnis haften bleiben; ihm blieben die grünen Tapeten und die mit Spitzen besetzten Hosen der Frau. Er erinnerte sich auch an die glatte Haut und an das knisternde Feuer im Ofen und an seine eigene Unbeholfenheit; er hatte nicht gewusst, was er tun sollte, und als er sie endlich anfasste, wusste er nicht, wie es richtig wäre.

Noch Jahre später konnte er matt in die Erinnerung an seine ulkige Unbeholfenheit versinken, wie in eine Schwäche, die er hinter sich gelassen hatte, und da erkannte er, dass er immer unbeholfen gewesen war und nie die Berührung gewagt hatte und dass er jetzt ein alter Mann war. Als würde man in den Süßwassertank lugen und begreifen, dass er schon bei der Abreise geleckt hatte und auf dem Boden nur noch ein letzter Rest schillerte.

In der Liverpooler Kammer wagte er jedoch die Berührung und erlebte zum ersten Mal, wie das Gesicht eines anderen Menschen aus der Nähe aussah: sehr verzerrt, aber echter als aus höflicher Gesprächsdistanz über den Tisch hinweg. Als alles vorbei war, schämte er sich nicht für seine Tat, vielmehr war ihm zum Lachen zumute, und er hüpfte durchs Treppenhaus wie der Entdecker der Nordostpassage. Bis ihn auf der Straße dann der Schwindel und der Durst ereilten. Das mehrstöckige Haus hatte er verlassen, ohne an seine Haltung zu denken, jetzt aber, unter den Augen der Menschen, musste er Rückgrat zeigen, und schon kam das Eckige in sein Auftreten zurück.

Er kehrte nie mehr in das Haus mit den hellgrünen Tapeten, den Spitzenunterhosen und dem knisternden Ofen zurück. Zwar ermutigte ihn die Entdeckung der Nordostpassage und brachte ihn zum Lachen, aber doch nicht so sehr, als dass er es gewagt hätte, sich erneut auf diese Route zu begeben. Er bereute diese Scheu später, als der Süßwassertank leer gelaufen war und nur noch ein letzter Rest am Boden schillerte.

Noch im Februar wurden zersplitterte Holzteile der *Reipas II* im Hafen von Liverpool angespült. Auf einem der blau gestrichenen Bughölzer fand sich eine Spur weißer Farbe, und dieses Detail überzeugte schließlich die Seerechtsbeamten vom Wahrheitsgehalt von Huurnas Bericht. Er konnte nicht begreifen, dass ein Stück Holz etwas fertigbrachte, was die Eide von zwölf ehrlichen Männern nicht geschafft hatten, aber er äußerte seine Verwunderung nicht laut, denn in den Sälen der Welt muss man auch Entschädigungen annehmen, die einem der Zufall beschert.

Ihm drohte keine Strafe mehr, und man warf ihm weder Zerstörung fremden Eigentums noch fahrlässige Gefährdung vor, und die Seeversicherungsgesellschaft willigte ein, den Hofherren eine Entschädigung zu zahlen. Ende Februar war er ein freier Mann. Die Hofherren telegrafierten ihm nach Liverpool und hießen ihn in Finnland willkommen, wobei sie gleichzeitig mitteilten, sein Vater sei gestorben.

Er reiste mit dem Dampfschiff von Liverpool über Shetland nach Bergen. Das Wetter war schlecht und der Seegang auf der Nordsee schlimm, aber das Dampfschiff schnaufte durch seine Welt, wie um zu verkünden, dass die Starken vorankommen, wo immer sie wollen. Huurna bekam geradezu Mitleid mit sich selbst und seinem Schiff, das in den gleichen Gewässern mit jeder Welle einzeln gekämpft hatte, einen Meeresteilhang hinab in die Verzweiflung gestürzt und den nächsten hinauf ans Licht gestiegen war, wie das Kirchenvolk nach einer Predigt mit Höllengeruch aufsteht, um das Danklied zu singen.

In den Gewässern von Shetland wurden die Passagiere des Dampfschiffes blass. Die einen wurden ohnmächtig, die anderen litten unter schwerer Übelkeit und schienen das Interesse am Überleben vollkommen verloren zu haben. Huurna stand an Deck, blickte aufs Meer und wunderte sich, wie zahm es doch aussah, wenn man es von einem Dampfschiff aus betrachtete. Es war wie ein anderes Meer, jünger und unerfahrener.

Der Steuermann des Dampfschiffes trat zu ihm, um mit ihm zu plaudern. Er vermutete einen Seefahrer in ihm und wollte wissen, woher er kam. Huurna stellte sich vor und erzählte vom Unglück seines Schiffes. Der Steuermann wünschte ihm beim nächsten Mal mehr Glück. Huurna bedankte sich für die freundlichen Worte, blieb noch an Deck stehen, weitgehend glücklich, und dachte stellvertretend für den anderen, dass der Steuermann eines Dampfschiffs vom Glück nichts wissen musste.

Von Norwegen reiste er nach Göteborg und von Göteborg mit dem Zug nach Stockholm. Von Stockholm aus gelangte er per Pferdewagen auf dem Eisweg bis zu den Åland-Inseln. Dort ging ihm das Geld aus, und er marschierte als Fußsoldat der finnischen Gemeinde Kustavi entgegen.

Es war bereits März, auf dem zugefrorenen Meer hatte sich Wasser gesammelt und darüber eine Schicht Eis gebildet, die über Nacht fester wurde, sodass sie morgens trug, aber gegen Mittag nicht mehr, die Stiefel brachen ein und mussten bei jedem Schritt unter dem Eis hervorgezerrt werden. Sich so fortzubewegen, war anstrengend. Als er am Abend eine Unterkunft erreichte, schlief er sofort ein, und beim Aufwachen am frühen Morgen taten ihm die Beine weh, er stellte sich vor, wie das Meereis bald weicher werden und unter den Stiefeln nachgeben würde, und er machte sich eilends auf den Weg, bis die Stiefel wieder einbrachen.

Am zweiten Tag ging es gar nicht mehr weiter. Zu sei-

nem Glück traf er auf einen Mann, der ihm eine andere
Route empfahl, und das nahm er als Zeichen dafür, dass man
alles auf der Welt dann empfängt, wenn man es am meisten
braucht.

 Später stellte sich heraus, dass der Rat des Mannes schlecht
war, denn Huurna stieß auf eine eisfreie Stelle und musste einen langen Umweg gehen, bis er wieder einen tragenden Weg
fand. Daraus schloss er, dass die Welt doch nicht darüber Buch
führte, was der Wanderer brauchte, sondern dass man gehen
durfte, wo man wollte, und er fand, dass auch dieses Gesetz
etwas für sich hatte.

In Askainen wartete ein leeres Elternhaus auf ihn, denn zwei
Wochen nach seinem Vater war seine Mutter gestorben. Nun
lagen seine Eltern nebeneinander unter dem Sand, als könnte
man einfach so vom Erdboden verschwinden.

 Er ging sonntags auf den Friedhof, stand lange am Grab
und fror und überlegte sich, wie die Dinge bei ihm nun lagen.
Oft geschah es, dass ihm schon auf dem Rückweg etwas brennend Wichtiges in den Sinn kam, von dem er beschloss zu
Hause zu erzählen, und dann fiel ihm ein, dass seine Eltern tot
waren.

 Eines Sonntags im Mai, als er wieder einmal auf dem
Friedhof stand und die Wolken über den Himmel zogen,
wurde ihm bewusst, dass man, wenn man das Kind von Eltern
war, auch wie ein Kind denken musste, und da dachte er, dass
es seine Mutter neben dem Vater besser hatte als allein daheim
und dass es der Vater gut neben der Mutter hatte.

IN HAMBURG

Mit dem Geld, das er seinen Eltern von seinen Reisen geschickt hatte, setzte Huurna das Haus instand. Menschen traf er keine, er sah sie quer über das Feld hinweg, wenn sie die Landstraße entlanggingen.

Es wurde wärmer, die Hofherren schickten ihm Nachrichten und luden ihn zur Unterredung ein. Er versprach, es sich zu überlegen, blieb aber zu Hause und lief wie ein Eichhörnchen übers Schindeldach und versteckte sich wie eine Maus im Keller. An einem Abend im Juni, als er vor dem Haus stand und es betrachtete und zu verstehen versuchte, dass er es war, der darin wohnte, erschienen die Hofherren im Trupp auf seinem Grundstück, sechs wohlbeleibte Männer im Anzug. Er war gezwungen, sich auf den Treppenstein zu setzen und sich anzuhören, was sie zu sagen hatten.

Nachdem er ihr Anliegen vernommen hatte, stand er auf und erklärte, er müsse nun mit der Arbeit weitermachen. Die Hofherren sagten, seine Arbeit erwarte ihn auf dem Meer. Er betrachtete den Treppenstein, den der Bodenfrost verschoben hatte, holte die Eisenstange, die an der Schuppenwand lehnte, und fing an, damit den Stein zu drehen, und während er sich mit dem Stein abmühte, deklamierte er ächzend, er wolle Bauer oder Fischer werden, so wie sein Vater, zur See werde er nicht mehr fahren.

Die Hofherren wunderten sich, welches Land Huurna bewirtschaften wolle, wo das Haus doch keinen Grundbesitz hatte, und um Fischer zu sein, hielten sie ihn, wie sie sagten, für zu stutzerhaft. Er stemmte sich gegen den Stein und glaubte so, Herr der Lage zu bleiben, aber schon bald merkte er, dass die Stille aufseiten der Hofherren war und er mit seinem Schweigen eher seine Niederlage eingestand. Das machte ihn ratlos, und er stemmte den Stein mit aller Kraft, bekam ihn auch vom Fleck und erblickte die feuchte, eingesunkene Erde darunter, die Asseln und Ameisen und Hundertfüßer, und da dachte er, wie gut es war, dass er diese Treppe richtete und dass man alles Nützliche, was man in diesem Leben tat, genau so in Angriff nahm: unauffällig, von der Arbeit selbst belohnt. Wohingegen das, wovon man viel redete, eigentlich nie richtig anfing, sondern pure Täuschung des Geistes war.

Als die Hofherren gingen, blickte er ihnen nach. Alle waren mit ihren Pferdegespannen unterwegs, nur Gutsherr Glad ging zu Fuß, und Huurna musste lange warten, bis Glad nach der Biegung hinter dem Wald verschwunden war. Dann betrachtete er die leere Straße und gestand sich ein, dass er den Hofherren wohl versprochen hatte, ihr nächstes Schiff als Kapitän zu übernehmen.

Man saß im Saal von Glads Haus, Huurna neben der Tür und die Hofherren auf Sofas mit Tatzenfüßen. Der Hausherr schritt über die knarrenden Bodenbalken und referierte gut gelaunt, ihr etwas schwach ausgeprägtes Seeglück sei auf die unseligen Schiffe zurückzuführen, die andere gebaut hatten, und das Glück werde sich zum Besseren wenden, wenn sie selbst ein Schiff bauten, und zwar aus den Bäumen ihrer eigenen Wälder.

Die Hofherren sahen einander an und aus den Fenstern in der langen Wand des Saales, durch die man auf die sommerlich glitzernde Meeresbucht blickte. Gutsherr Glad versprach, der Geist der von ihnen mit Liebe ausgesuchten Bäume werde ihr neues Schiff überallhin begleiten, und dieses Schiff werde sehr stark sein, so wie die Bäume in ihren Wäldern stark waren, weil sie jeden Tag noch ein bisschen mehr das sein wollten, was sie schon waren.

Huurna erschütterten Glads Versprechungen über das künftige Seeglück. Trotzdem nickte er mit, und ganz besonders nickte er, als der Gutsherr ihn kurz ansah. Nachdem er viel genickt hatte, fing er selbst an zu glauben, dass das Pech tatsächlich den alten Schiffen entströmt war, dass nicht er sich der Unfähigkeit schuldig gemacht hatte, sondern dass die Unglücke in den feuchten Konstruktionen der Schiffe schon auf ihn gewartet hatten.

Mit einem neuen Schiff aus hellem Holz würde alles noch einmal von vorne beginnen. Das Glück könnte wieder um ihn herum flimmern, sodass ihm nicht einmal die Hälfte von dem zustieße, was Leuten mit weniger Glück wiederfuhr. Auf jeden Fall würde er sich schlagen wie die gewöhnlichen Männer, von denen es auf der Welt vermutlich am meisten gab und die weder mit den Ufern des Erfolgs noch mit denen des Untergangs übermäßig vertraut waren, sondern irgendwo zwischen Freude und Trauer verkehrten. Und da dachte er es, dort, im Saal vom Gutshaus Glad: Sollten die Hofherren ein neues

Schiff bauen, werde ich für dieses Schiff alles geben, und wenn ein Mann alles gibt, sollte das ausreichen auf dieser Welt.

Angeführt von Gutsherrn Glad, ging man durch die Wälder und markierte Bäume. Die Hofherren waren der Meinung, man brauche zweitausend Stämme, Kiefern, Fichten und Birken, sowie nach Bedarf Eichen und Lärchen.

    Tief in den herbstlichen Wäldern wurde Kaffee gekocht. Die Hofherren unterhielten sich, und er hörte zu, und während er zuhörte, beäugte er die alten Männer, die er bloß für rundlich und schlecht gelaunt gehalten hatte, die aber jetzt etwas Neues offenbarten. Gutsherr Glad wies auf den Wald rund um das Lagerfeuer und sagte, er denke es sich so, dass die Kiefer der König des Waldes sei, die Fichte der Waldarbeiter und die Birke die Braut.

    Huurna blickte auf die Bäume und auf Gutsherrn Glad und dann wieder auf die Bäume, war aber nicht in der Lage, sich über das Gesagte eine Meinung zu bilden. Die Hofherren hingegen ereiferten sich und diskutierten und überboten sich geradezu gegenseitig im Widersprechen. Gutsherr Kiuru gewann, er sagte, die Fichte sei eher Altbäuerin statt Waldarbeiter. Nachdem er sich so das Rederecht gesichert hatte, ließ Kiuru seine Worte eine Weile wirken und sprach erst dann die Begründung aus: So wie die Altbäuerin daheim am Herd stehe, stehe auch die Fichte stets an ihrem Platz, und so wie der Schürzensaum der Altbäuerin bis zum Boden reiche, sei auch die Fichte ein einziger Rock aus Nadeln, zumal, wenn es sich um einen Mutterbaum an offener Stelle handele.

    Huurna musterte die Männer, um herauszufinden, was in sie gefahren war, aber sie wirkten lediglich aufgeweckt und bubenhaft, so wie alte Männer bisweilen aussehen, auch wenn sie im nächsten Moment schon wieder mürrisch werden und wochenlang schweigen können.

Gutsherr Glad hatte Kiuru neugierig zugehört, er schien die Sache zu bedenken. Dann nickte er und gab zu, dass die Äste der Fichte, die den Boden streiften, in der Tat an eine Schürze erinnerten. Seiner Miene sah man jedoch an, dass er etwas anderes im Sinn hatte, und nachdem er es eine Weile reifen gelassen hatte, fragte er die anderen Hofherren, ob sie jemals unter diese Schürze gelugt hätten. Die Männer fingen lauthals zu lachen an, aber Gutsherr Glad fuhr ernst fort, dass sich dort folgender Anblick offenbare: Die Fichtenäste reichten bis in den Himmel, als hätte ein emsiger Verrückter den Stamm voller Löcher gebohrt und in jedes einen Heureuter gesteckt.

Zu dieser Feststellung nickten nun alle, gemeinschaftlich staunte man über die Fülle der Fichtenäste. Gutsherr Arvidsson schwang sich zu der Erinnerung auf, wie er im Knabenalter die Fichte im Hof erklommen hatte. Solange er unter ihr gestanden hatte, hatte er immer geglaubt, sie gehöre ausschließlich zu ihrem Hof, bis er oben im Geäst dann den weiten Wirkungsbereich des Baumes verstanden hatte: Man konnte bis zum Kirchdorf sehen. Arvidssons Ansicht nach sprach dies dafür, dass die Fichte tatsächlich die Altbäuerin war. Denn auch die Altbäuerin war immer zu Hause, sah aber bis ins Kirchdorf und wusste, was die Jungs dort trieben.

Dies wurde nun nicht ohne innere Bewegung bedacht, und dabei blickte man in die Flammen. Auch Huurna spürte etwas wie Rührung, wenn er daran dachte, dass die Altbäuerin wusste, was die Jungs im Dorf trieben. Das Feuer prasselte.

Gutsherr Glad schlug die Handflächen auf die Oberschenkel und sagte, gut, er sei bereit, seine Auffassung zu revidieren, möge die Fichte die Bäuerin sein, aber seine Auffassung von der Birke werde er nicht ändern, ganz gleich, was die anderen sagten, die Birke sei die Braut, und die Seele der Birke wohne unantastbar für die Vagabunden in den Wipfeln, und die Birke nehme keinen in den Arm. Die Hofherren stimmten einhellig zu, aber Gutsherr Glad hob den Finger und merkte an, die glatte Oberfläche der Rinde dürfe man trotzdem streicheln. Dann blickte er lange auf sein Publikum und fügte hinzu, besonders bei einer jungen Birke fühle es sich an, als umfasse man das Handgelenk einer jungen Frau, einer sehr schüchternen und blassen.

Die Hofherren wurden still. Gutsherr Vahtoranta, in dessen Richtung der Rauch des Feuers nun zog, wischte sich die Augen und fing an zu erzählen, dass er in der Sauna immer das Gefühl habe, sich beim Schlagen mit den Birkenbüscheln mit dem Leben selbst zu schlagen, ja geradezu in den Blättern des Lebens zu ertrinken. Die Hofherren schienen auch diesen Gedanken zu respektieren, und alle blickten auf den Wald, jeder in seine Richtung, auf die Bäume, die dort standen, auf die Fichten und Kiefern und Birken, die jetzt im Oktober bereits ihr Laub fallen gelassen hatten, in deren Wipfeln man aber noch einen letzten gelben Seufzer ausmachen konnte.

Da Gutsherr Vahtoranta nun zu Wort und in Schwung gekommen war, fügte er noch hinzu, er habe sich stets über die Kiefer gewundert, über ihre unerwartete Verwandlung. Die jungen Kiefern plusterten sich auf und streckten sich, als überlegten sie, wo sie alle ihre nicht zueinander passenden Gliedmaßen hintun sollten, doch dann geschah etwas Bemerkenswertes: Der Dreikäsehoch wuchs zum Mann heran, zur großen, mächtigen Königskiefer. Wann vollzog sich das, fragte sich Gutsherr Vahtoranta, in einer Nacht, weil große Kiefern aussahen, als wären sie schon immer groß gewesen?

Die Hofherren waren von Vahtorantas Beobachtung begeistert, alle hielten die Kiefer für einen ausgesprochen männlichen Baum, stolz und mächtig, und die großen Exemplare für etwas ganz anderes als die jungen, die zu nichts taugten. Sie schwelgten lange in ihrer Einmütigkeit, bis Glad aufstand und als Schlusswort verkündete, in den Tiefen des Waldes wüchsen jedenfalls die größten Hofherrenkiefern, und die müssten sie jetzt suchen, die Riesen mit den gewundenen Ästen, deren Existenz man besser hören als sehen könne, ihr Ächzen und Knurren, so wie man auch sie, die Männer und Hofbesitzer, manchmal vom Schaukelstuhl aus über den Lauf der Welt knurren hörte. Gutsherr Glad versprach, sie würden aus solchen Hofherrenkiefern ein Schiff bauen, das sich auch von den Weltmeeren nicht aus dem Gleichgewicht bringen ließe. Und während er dies sagte, schaute er auf Huurna, und Huurna nickte.

Alsbald wurden in den Forsten und auf den Inseln der zwölf Höfe Bäume gefällt, die stolzesten Kiefern und die freundlichsten Fichten, die Könige und Königinnen der Wälder. Sie wurden gefällt und entästet und ans Ufer geschafft, und als sie aufgestapelt dalagen, waren es zweitausend Stämme, und für Huurna sah es so aus, als könne man daraus ein ganzes Schiff bauen. Es war der Winter, als Harz von den Fingern an den Gesangbuchseiten kleben blieb und sich eine Kiefernnadel im Hosenaufschlag fand.

Im März wurde das Holz gesägt, und im April heiratete Huurna die einzige Tochter von Gut Glad. Am Altar betrachtete er das Schiff, das von der Decke hing, das Modell einer alten Galeone mit zwei Masten, und bedachte deren Proportionen und Segeltauglichkeit; die Heirat war überraschend für ihn gekommen, und er fragte sich, ob sie nun eines dieser Brautpaare waren, wie man sie an schönen Sommertagen vor den Kirchen stehen sah, wenn man über Land fuhr.

Seine Braut kannte er von Kindheit an, und sie kannte ihn. Als Ehefrau hatte er sich Aada jedoch nie vorgestellt und Aada sich wahrscheinlich auch ihn nicht als Ehemann, bevor sie sich nun aufgrund einer nüchternen Entscheidung zusammentaten. Als er aber dort am Altar das von der Decke hängende Schiff betrachtete, sah es in seinen Augen gut gemacht aus, und er bekam das Gefühl, dass es auf der Welt viel Gutes gab, das ihm noch nicht aufgefallen war.

Spät am Abend vor dem Haus der Vereine, als die Hochzeitsfeier bereits abflaute, fingen die Hofherren an, die Braut um die Wette zu loben. Gutsherr Glad, der Brautvater, hörte eine Zeit lang zu, ging dann aber hinein, um die Gäste zu verabschieden. Dadurch nahmen die Lobpreisungen der Hofherren erst recht zu, und Gutsherr Elomaa, der ordentlich betrunken war, ging dazu über, Huurna die Hand zu schütteln und ihn lautstark zu beglückwünschen. Elomaa fand, Huurna brauche sich überhaupt nicht darüber zu grämen, dass die Braut flach wie ein Brett sei, denn immerhin sei sie sehr klug, und beides könne man nicht haben, vollbusig und klug, weil eine solche Weibsperson schlicht und einfach nicht existiere.

Für Huurna war dies ein neuer Gedanke, und er konnte

nichts anderes tun als vor sich hin schauen und daran denken, dass dieser andere Mensch da gerade mit ihm sprach. Die Hofherren hingegen fingen an, Elomaas Behauptung abzuwägen, und Kiuru bestritt sie. Elomaa ließ sich davon nicht aus der Fassung bringen, sondern behielt den Gesichtsausdruck desjenigen bei, der die Wahrheit spricht. Gutsherr Kiuru fragte direkt, ob seine Frau etwa nicht klug sei. Elomaa wunderte sich. Lobte Kiuru etwa seine Frau? Kiuru sagte, das tue er. Sie ist mit zunehmendem Alter klüger geworden, wich Elomaa aus. Kiuru schien das zu akzeptieren, und da dieser Fall erledigt war, wandte man sich wieder Huurna zu und lobte dessen Braut.

Für Arvidsson war Huurnas Braut nicht nur klug, sondern auch gutherzig, weshalb es kein bisschen störe, dass sie unwahrscheinlich scheu sei. Für Arvidsson konnte das sogar einen Vorteil darstellen, eine schreckhafte Frau wage es nicht, so giftig zu werden wie ein dreisteres Weib. Das erzürnte sogleich den Gutsherrn Mäentaka, er schüttelte dicht vor Arvidssons Gesicht den Zeigefinger und rief, ob seine Frau etwa nicht scheu und trotzdem garstig sei. Gutsherr Arvidsson gab sich daraufhin reuevoll, und auch die anderen starrten Mäentaka teilnehmend an. Gutsherr Mäentaka schien aus diesen Blicken Kraft zu beziehen, er verkündete, es gebe große und kleine Ehefrauen, kluge und dumme, scheue und dreiste, aber giftig seien sie auf jeden Fall alle. Die Hofherren nickten angesichts dieser Tatsache ernst. Das besänftigte Mäentaka und bewog ihn zu der Feststellung, dass auch in dieser Angelegenheit die Zeit hilfreich wirke: War eine Frau in jungen Jahren auffahrend, so vermochte diese Flamme mit dem Alter doch nicht mehr zu sengen, und wenn die Frau erst mit dem Alter lernte, aufbrausend zu werden, konnte der Mann immer noch an die Jahre des Friedens zurückdenken.

Gutsherr Vahtoranta, der dem Gespräch, wie es seiner Art entsprach, still zugehört hatte, räusperte sich nun und sagte, er hätte sich auch an einer giftigen Frau erfreut, wenn er sie nur als Ehefrau hätte haben dürfen. Die anderen ließen sich das durch den Kopf gehen, und während sie das taten, fügte Vahtoranta hinzu, seiner Meinung nach sollte sich jeder Mann an den Zornesausbrüchen seiner Frau freuen, solange es sie gab, und genau zuhören, was die Frau zu giften hatte, und es sich zu Herzen nehmen, nicht damit die Frau dadurch bessere Laune bekam, sondern aus der puren Freude darüber, dass er eine Frau hatte, die sich so energisch mit ihrem Mann und dessen Angelegenheiten beschäftigte.

Die Hofherren verstummten. Dann fingen sie an, sich gegenseitig auf den Rücken zu schlagen und fluchend die Qualitäten ihrer Frauen zur Sprache zu bringen, und in diesem Anfall von Rührung nahmen sie auch Huurna in ihren Kreis auf und betrachteten ihn als ihresgleichen und schlugen auch ihm auf den Rücken und gratulierten ihm zu seiner guten Frau.

Nach dem Hochzeitsfest gingen die Schiffsbauarbeiten weiter, und Huurna wurde dazu ernannt, diese Arbeiten zu leiten. Neben dem Schiffszimmermannsmeister waren zunächst zehn, dann zwanzig und zum Schluss fünfzig Männer beschäftigt, und diese Kompanie zu hüten, verursachte bei ihm eine solche innere Anspannung, dass er die Brustkrankheit bekam, unter der er dann den ganzen Frühling, Sommer und Herbst über litt. Er hustete in seinem Kontor vor sich hin und rechnete immer wieder die Baukosten aus und verglich sie mit der

Anzahl der Fahrten, die mit dem Schiff unternommen werden mussten, damit die Kosten gedeckt wären, und davon nahm sein Husten nur immer mehr zu.

Aber während er hustete, wurde das Schiff fertig, unweigerlich, so wie es auf hoffnungslos großen Baustellen oft zügiger vorangeht als auf einfachen, kleinen, geradeso als würden freundlichere Götter über die Anstrengungen der Arbeiter wachen als bei den Versuchen eines einzelnen Menschen. Das Schiff war ein Jahr lang geplant und gebaut worden, und nun wurde es fertig, sogar zum Erstaunen seiner Erbauer. Als Monument dieses Staunens stand es am Werftufer, groß und weiß, von der Helle des Frühlings umgeben.

Aus globaler Perspektive war die Fertigstellung des Schiffes etwas Geringes, das wusste auch Huurna, aber er wusste ebenso gut, dass durch den Stapellauf des Schiffes Wellen in alle Richtungen und in alle Zeiten rollen würden. An die Fertigstellung des Schiffes würde man sich immer erinnern, auch dann noch, wenn es das Schiff gar nicht mehr gab, so wie er sich an den kleinen Stein erinnerte, den er im Hafen von Travemünde aus seinem Schuh geklaubt und ins Hafenbecken geworfen hatte, obwohl der Stein sehr klein gewesen war und ein sehr kleines Geräusch verursacht hatte.

Die Anker und Ketten für das Schiff wurden aus Cardiff geliefert, die Leinen aus Sankt Petersburg und die Segel aus Lübeck, und Huurna stellte sich bereits vor, wie das Schiff bald in alle diese Städte segeln würde, wie um seine Angehörigen zu begrüßen, und wie man ihnen in den Häfen zuwinken würde.

Die Hofherren wollten dem Schiff den Namen *Reipas III* geben, aber Huurna sagte, dieses unberührte Schiff brauche

nichts von der ersten *Reipas* zu wissen, die vor der Halbinsel
Skagen Schiffbruch erlitten hatte, und auch nichts von der
Reipas II, die vor der Liverpooler Reede untergegangen war,
und die Hofherren nickten ernst, und als er schließlich zur
Jungfernfahrt nach Kokkola segelte und von dort mit einer
Ladung Schnittholz nach Rotterdam, stand auf allen Rettungs-
ringen des Schiffes schlicht *Reipas*.

Die Jungfernfahrt verlief so glücklich, wie es auf der Ostsee
im Frühling und bei gnädig ruhiger Nordsee der Fall sein kann,
zumal Huurna von seiner frisch Angetrauten begleitet wurde
und das Gefühl hatte, dieses Schiff und seine Frau fast zu
lieben.

Besonders gut gefiel es ihm, den Erinnerungen seiner Frau
an die Orte und Zeiten der Kindheit zuzuhören, an und in
denen er selbst gelebt hatte und die doch ganz anders waren,
wenn ein anderer davon erzählte. Zum ersten Mal sah er die
Welt mit den Augen eines anderen Menschen.

In Rotterdam wurde die Ladung gelöscht, und er lernte
die Stadt gemeinsam mit seiner Frau kennen. Aada kaufte sich
Schuhe und ging mit ihnen in der Kajüte auf und ab, setzte
sich auf den Bettrand und schwenkte die Schuhe hin und her,
die weiß waren wie Milch.

Er bekam in Rotterdam keine Fracht, sondern musste
Sand als Ballast laden und nach Liverpool segeln und von
dort Steinkohle nach Kronstadt bringen, wobei das Schiff von
schwarzem Staub überzogen wurde. Das tat ihm für seine
Angetraute leid, aber sie sagte, es mache ihr nichts aus, schlug
die neuen Schuhe in Papier ein und saß tagelang in der Kajüte
und las in einem Buch.

In Kronstadt wurde die Steinkohle auf Wagen geladen, und sie wuschen und strichen ihr Schiff und segelten mit Ballast nach Taivassalo. Es war Juli, und seine Frau ging von Bord in das neue Haus, das Gutsherr Glad ihnen auf einem Hügel mit Ahornbäumen hatte errichten lassen.

Huurna fuhr nach Umeå, um Holz zu holen und nach Hamburg zu bringen, und Anfang September erhielt er im Hamburger Hafen einen Brief von Gutsherrn Glad, in dem es hieß, seine Frau erwarte ein Kind.

Er wäre den Winter über gern zu Hause gewesen, um am Tisch in der Stube Kaffee zu trinken. Er stellte sich vor, wie er an kalten Tagen in den Hafen ginge und sein schneebedecktes Schiff betrachtete, wie er in der Kajüte säße und an den Sommer zurückdächte. Insbesondere stellte er sich vor, wie er neben seiner Angetrauten schliefe. Aber die Hofherren waren der Meinung, das Schiff müsse über die Meere fahren, um das dort treibende Geld einzusammeln, und nicht im finnischen Eis liegen.

Also fuhr er über die Meere.

Er brachte Stückgut von Kopenhagen nach Cardiff und holte aus Marseille Salz für Hamburg. In allen diesen Häfen erhielt er Telegramme und Briefe von daheim. Im November las er in Cardiff, bei seiner Frau stehe alles zum Guten, im Januar las er in Marseille, seine Frau sei wohlauf, und im Februar, als sie noch immer in Marseille waren, erfuhr er, seiner Frau gehe es sehr gut und daheim sei alles in Ordnung.

In diesem Winter blieb er gesund, als hätten ihn die künftigen väterlichen Aufgaben gestärkt. Die Mannschaft hingegen wurde von vielerlei Krankheiten, Geschwüren und langen

Spalten in der Haut geplagt, die von den Männern als Meeresfotzen bezeichnet wurden, aber auch von ernsthafteren Erkrankungen, die keiner von ihnen zu behandeln wusste. Und so geschah es, dass der Schiffszimmermann auf der Fahrt von Marseille nach Hamburg nach langer Krankheit starb.

Am Ziel wurden die Hafenbehörden von dem Fall unterrichtet, und man holte den Toten von Bord, als bereits die Salzladung gelöscht wurde. In all dieser Hektik bekam Huurna zwei Telegramme, eines von seiner Frau und eines von den Hofherren. Das Telegramm seiner Frau las er gleich an Deck des Schiffes, darin stand, dass es ihr gut ging. Das Telegramm der Hofherren steckte er ein.

Erst am nächsten Abend erinnerte er sich wieder daran; der Tag war lang gewesen, und im Zusammenhang mit dem toten Zimmermann und dem Löschen der Salzladung hatte vieles geklärt werden müssen. Er zog seine Jacke aus, setzte sich auf den Bettrand, entfaltete das Telegramm und sah nach, was die Hofherren zu schreiben hatten.

Die Nachricht war lang für ein Telegramm, sechs Zeilen. Darin hieß es, seine Frau und sein Kind seien bei der Geburt gestorben und Gutsherr Glad sei aufgrund der Erschütterung durch den Vorfall stumm geworden, allen Hofherren täte es sehr leid und sie wünschten, er komme mit dem Schiff nach Hause, sobald das Eis vor Finnland geschmolzen sei.

Als Huurna das nächste Mal zu seiner Mannschaft sprach, teilte er ihr mit, sie würden Ballast aufnehmen und damit nach Finnland segeln. Seine Stimme klang heiser, wie bei einem, der das Reden nicht gewohnt war; er war anderthalb Tage still gewesen, abgesehen von den kleinen Geräuschen, die entstanden, wenn man Luft holte.

Das Löschen des Salzes und das Laden des Ballasts nahmen jedoch Zeit in Anspruch, und da sie nicht losfuhren, stand unangenehmerweise das Begräbnis des Zimmermanns an, und Huurna und seine Mannschaft mussten daran teilnehmen.

Auf der Treppe zur Kirche kamen die Männer zu ihm, um ihm mit Tränen in den Augen die Hand zu schütteln. Er begriff, dass ihnen der Zimmermann nahegestanden hatte, und die Männer dachten bestimmt, dass der Zimmermann auch dem Kapitän nahegestanden und dieser nun gewissermaßen seinen eigenen Sohn verloren hatte. Er hatte den Zimmermann jedoch nicht gut gekannt und konnte nicht um ihn trauern, und wenn ihm auch Tränen in die Augen traten, so blinzelte er sie eilig weg oder wischte sie verstohlen mit dem Handrücken ab.

Die eigentliche Einsegnungsfeier dauerte lange, der Pfarrer leierte deutsche Gebete herunter, und jedes Mal, wenn Huurna glaubte, er sei fertig, wechselte er nur den Platz und fuhr fort.

Draußen auf dem Kirchhof wurden nach dem Hinablassen des Sarges zwei finnische Lieder gesungen. Die Männer standen zu beiden Seiten des Grabes und sangen falsch mit lauten Stimmen.

Falls der Zimmermann in Finnland Familie und Verwandte hatte, so hatten sie es nicht geschafft, bis hierher zu reisen. Huurna dachte, dass den Verwandten, wenn sie später nach Hamburg kommen und am Grab stehen sollten, dieser Ort sehr zufällig erscheinen musste. Sein Anblick würde ihnen den Zimmermann keineswegs zurückbringen, sondern sie eher daran erinnern, wie sehr dieser nun fort war.

Einige Männer trugen kummervolle Mienen, aber andere

sahen bereits so aus, als hätten sie ihren freien Tag lieber in der Kneipe verbracht. Es nieselte. Der Pfarrer murmelte nach den Liedern immer neues Blabla, von dem Huurna nichts verstand, und er schaute anderswohin, auf die Kreuze und Grabsteine ringsum, und rechnete aus, in welchem Alter die Menschen jeweils gestorben waren. Fast alle hatten länger leben dürfen als seine Frau, aber er bemerkte auch zwei sehr jung Verstorbene, und ihm kam in den Sinn, dass inzwischen zwar Gras die Gräber bedeckte, dass sie aber irgendwann einmal offen gewesen waren und dass man in jedes einen Sarg hinabgelassen hatte, mit einem echten Menschen darin, der eine begrenzte Zeit gelebt hatte. Wenn die Welt all dieses Sterben so gut verkraftet hatte, dachte sich Huurna, würde auch er es wohl verkraften, und wenn sich seine Frau getraut hatte, zu sterben, glaubte auch er, es sich zu trauen, wenn der Tag dafür gekommen wäre.

Sie kehrten zusammen zum Schiff zurück und sangen mit den Mützen in der Hand an Deck noch ein Lied: Steh auf aus dem Staub der Erde!

Vom Meer her wehte ein kräftiger Wind, und Huurnas Augen tränten. Als das Lied gesungen war und die Männer auseinandergingen, meinte er zum Steuermann, das Tränen der Augen komme vom Wind, und darum wische er sie sich nicht ab, denn seine Augen hätten nun einmal diese Angewohnheit. Der Mann aus Kokkola musterte ihn lange und nickte. Huurna hatte das Gefühl, dass der Steuermann ihn noch musterte, als er zu seiner Kajüte ging, und er betrachtete sich wohl auch selbst von außen, denn er stieß ungeschickt mit der Schulter gegen den Türrahmen.

In der Stille seiner Kajüte stand Huurna lange auf der Stelle und dachte sich, dass dem Steuermann die Lüge bestimmt aufgefallen war. Das hielt er für eine gute Sache. Mitunter besteht die wichtigste Aufgabe einer Lüge darin, zu verraten, dass ein Mensch in diesem Moment lügen muss. Wenigstens in diesem Umfang hatte er über das geredet, was ihn beschäftigte.

Sie brachen das letzte Eis des Frühlings, als sie nach Turku kamen. Er reiste in sein Heimatdorf und stieg am Friedhof aus. Es war ein trockener und windiger Tag Anfang April. Die Erde schwankte nicht, wie es normalerweise der Fall war, wenn man vom Meer kam, sondern blieb stabil, sodass es ihm schwerfiel, darauf zu gehen.

Das Familiengrab des Hauses Glad war schon von Weitem als schwarzer Fleck zu erkennen, denn der Rasen war umgegraben worden. Als er näher kam, sah er auf dem großen Kreuz des Grabes den Geburts- und Todestag seiner Angetrauten und unter dem Namen der Frau das Wort »Neugeborenes«. Er blickte auf das Kreuz und über das Kreuz hinweg auf die Bäume des Kirchhofs. Man hatte ihm gesagt, das Neugeborene sei mit seiner Mutter im selben Sarg beerdigt worden, und er war glücklich, dass das Kind nicht allein in der Finsternis liegen musste. Er dachte noch, dass seine Frau und das Kind nun gemeinsam die Reise in den Himmel antraten, aber wie er so auf dem windigen Kirchhof stand, fielen ihm die Reden der Kirchenleute ein, in denen es hieß, ungetaufte Kinder kämen in die Hölle, und er beschloss, sich bei den Pfarrern danach zu erkundigen.

Huurna kam an diesem Tag nicht dazu, mit einem Pastor

zu reden, und auch am nächsten nicht, und als er Jahre später an die unbeantwortet gebliebene Frage zurückdachte, merkte er, dass es eine der Fragen war, die besser unbeantwortet blieben. Die Kirche hätte besser noch auf vieles mehr nicht antworten und im Gottesdienst zum feierlichen und prächtigen Latein zurückkehren sollen, wie in den alten Zeiten, damit niemand verstand, was die Kirchenleute sagten, wenn sie von Neugeborenen und der Hölle und anderen Dingen sprachen, so kam es ihm vor.

Er verbrannte die Kleider seiner Frau und die in Rotterdam gekauften weißen Schuhe, die sie in Papier eingewickelt im Schrank aufbewahrt hatte. Er zerhackte die Krippe und verbrannte sie, und er verbrannte die Wolldecken und Kleider, die seine Frau für das Kind gestrickt hatte. Als das Feuer niedergebrannt war, rechte er die Asche zusammen. Ende Juni wuchs das Gras an der Stelle dunkler und spärlicher als anderswo im Garten, ebenso im nächsten Sommer, aber im dritten Sommer konnte man die Stelle, an der das Feuer gebrannt hatte, im überwucherten Garten schon nicht mehr erkennen.

BEI DER UNTIEFE VON BORKUM

Sonntags ging er nach Gut Glad, um den Hausherrn zu besuchen und auf der Bank an der Wand zu sitzen. Manchmal stand er auf, trat ans Fenster und dachte schon daran, etwas zu sagen, aber dann sagte er doch nichts, sondern setzte sich wieder hin. Wenn er schließlich ging, sprach er: »Also dann« oder »Dann auf Wiedersehen«, und Gutsherr Glad nickte.

Er hatte viele Abende in gesprächiger Gesellschaft verbracht und geradezu darauf gewartet, seine brennenden Anliegen vortragen zu können, aber inzwischen erinnerte er sich nicht mehr an das, was er früher zu sagen gehabt hatte, geschweige denn, dass er sich an das erinnert hätte, was die anderen zu sagen gehabt hatten. Die stillen Sonntagnachmittage bei Gutsherrn Glad hingegen schienen ihm so stark im Gedächtnis zu bleiben, dass er sie niemals vergessen würde.

Es wurde Juni, und es wurde Juli, und die Hofherren fingen an, darüber zu reden, dass Huurna seine Trauer begraben und aufs Meer zurückkehren sollte. Er packte seine Truhe, und die *Reipas* setzte die Segel und segelte sieben Jahre lang.

Für die Ladungen wurde schlecht bezahlt, aber immerhin gab es welche, und insofern war es eine gute Zeit für das Schiff und für ihn; er beherrschte seine Arbeit und verrichtete sie, brachte Holz in den Süden und Steinkohle in den Norden und alles andere, was die Menschen für wichtig zu transportieren hielten.

Viele Schiffe sanken in jenen Jahren, und Huurna brach zu jeder Fahrt in dem Glauben auf, dass es auch ihm noch einmal schlecht ergehen würde, und er geriet auch in Stürme, in denen die Segel rissen und die Rahen knackten, aber er überstand sie alle, bis schließlich ein Wintersturm kam, den er nicht mehr überstand. In der Nacht des Weihnachtstags lief die *Reipas* vor der niederländischen Küste auf einer Untiefe der Insel Borkum auf Grund, und bis Silvester waren von dem Schiff nur noch drei am Strand aufgeschichtete Haufen Abfallholz übrig.

Huurna war nicht in der Lage, sich über den Vorfall groß zu grämen oder sein Schiff zu vermissen, obwohl er durch die Wälder gezogen war, um selbst die Bäume dafür auszusuchen. Unschön fand er jedoch, dass dieser Lebensabschnitt, von dem er sich schon ausgemalt hatte, er würde ewig dauern, nun zu Ende war und er wieder von Neuem über das Dasein nachdenken musste und darüber, was er mit seinem Leben anfangen sollte.

Die Welt hatte sich inzwischen so stark verändert, dass die Dampfschiffe auch im Winter verkehrten. Nachdem Huurna in Holland die im Zusammenhang mit der Havarie nötigen Formalitäten erledigt hatte, reiste er mit dem Zug nach Kopenhagen, und obwohl es erst Februar war, konnte er die Reise von dort mit dem Dampfschiff bis Turku fortsetzen. Das

Dampfschiff querte zuerst das graue, offene Meer, dann tauchten Eisschollen auf, die rumpelnd gegen den Schiffsrumpf stießen, und schließlich stampfte sich das Schiff seine Bahn durch die weiße, geschlossene Eisdecke. Als er diesem übermächtigen Vorankommen des Dampfschiffes zusah, merkte Huurna, dass er ein alter Mann und die wenigen Fähigkeiten, die er besaß, auf dieser Welt unnütz geworden waren. Er erkannte auch, dass es ihm vergönnt war, auf dem Deck dieses übermächtigen Schiffes zu stehen und diese neue Zeit zu erleben.

IN LE HAVRE

In jungen Jahren hatte er geglaubt, eines Tages werde er alle seine Angelegenheiten zu einem Abschluss gebracht haben. Doch mit dem Alter wurde ihm klar, dass nichts jemals vollendet war. Ein halbes Jahr nach dem Schiffbruch der *Reipas* fanden die Hofherren in der Stadt Raahe eine Brigg und baten ihn, ihr Kapitän zu werden.

Das Schiff hieß *Onni*, das Glück, und er segelte damit zwei Sommer lang und liebte sein Schiff beinahe und hatte das Gefühl, in seinem fortgeschrittenen Alter noch einmal ein neues Leben geschenkt bekommen zu haben, aber im November des zweiten Jahres ging die *Onni* vor Le Havre unter. Sie ging einfach unter, indem sie sank, als hätte sie überhaupt nicht begriffen, wie viele Schiffe Vilhelm Huurna schon gesunken waren.

Man sollte glauben, das Schicksal habe endlich einmal Erbarmen mit einem Mann, der immer wieder in die gleichen Schwierigkeiten geriet, dachte er zunächst verbittert, aber dann erkannte er, dass es ein solches barmherziges Schicksal nicht gab und dass es auch seltsam wäre, wenn ein und derselbe Mann immer in verschiedene Schwierigkeiten geriete.

Er verbrachte den Winter im Hafen von Le Havre, regelte

in den Kabinetten der Behörden die Formalitäten der Havarie, hielt im Kontor einer Dampfschifffahrtsgesellschaft um die Hand eines entzückenden Fräuleins an und musste sich von ihr sagen lassen, er sei zwar ein sehr angenehmer Mann, aber, und kehrte abgewiesen und mit den freundlichen Worten des Fräuleins im Ohr in seine Unterkunft zurück.

Auf der Heimreise von Le Havre huschten vor seinen Augen Städte vorbei, die er von früheren Heimreisen kannte. Er mochte nicht mehr gesondert an sie denken, sondern kam an einem Bahnhof an und setzte die Reise zum nächsten fort, als ahnte er, eines Tages erneut auf dieser Strecke unterwegs sein zu müssen.

Auf den langen Abschnitten über offenes Land gefiel es ihm jedoch, aus dem Zugfenster auf die kleinen Holzhäuser an den Feldrändern zu schauen und sich vorzustellen, wie es wäre, in der Kammer eines solchen Häuschens zu liegen, unter einer warmen Wolldecke. Als er es sich ernsthaft vorstellte, hörte er innerlich, wie das Schnaufen einer Dampflokomotive in so eine Kammer drang, und sehnte sich sogleich aus der Kammer hinaus, in genau so einen schnaufenden Zug, in dem er jetzt saß, und da dankte er seinem Glück, dass er hier mitfahren durfte.

Von Stockholm aus fuhr er übers Eis zu den Åland-Inseln, telegrafierte von dort an die Hofherren und bat um Geld für die restliche Heimreise. GEH ZU FUSS, antworteten die Hofherren. Und er ging zu Fuß.

Auf der letzten Etappe gab es ein Gestöber mit scharfen Eisnadeln, die auf dem Jackenstoff knisterten. Nach allem, was er in Le Havre erlebt hatte, beruhigte es ihn, dieses leise Knistern zu hören. Es leistete ihm Gesellschaft. Der Abend dämmerte, und er machte sich bereits Sorgen, es nicht rechtzeitig bis nach Hause zu schaffen, da trat ihm plötzlich sein kaltes Haus vor Augen, in dem niemand auf ihn wartete.

Die Kälte nahm zu, das Gestöber legte sich, das Knistern hörte auf. Er machte einen Schritt und noch einen und dachte, dass auch das schon viel war: in guten Stiefeln auf einer guten Eisstraße gehen zu dürfen, anstatt nasse Stiefel aus der Eiskruste herausziehen zu müssen.

In dem Frühjahr geschah es, dass Huurna in der Kristiinankatu in Turku seinen Jugendfreund Paavo traf. Er erkannte Paavo sofort, und Paavo erkannte auch ihn, nachdem er ihn eine Weile in Ruhe gemustert hatte.

Paavo kam gerade vom Arzt; was seine Beschwerden betraf, sagte er nur, der Doktor habe nichts dagegen tun können. Ansonsten sei der Doktor jedoch ein angenehmer Mann und auf seiner Seite gewesen, im Gegensatz zu den Doktoren, die ihn so amtlich behandelt hatten, dass er das Gefühl gehabt habe, sie stünden auf der Seite der Krankheit.

Man ging einen Kaffee trinken und tauschte sich über die vergangenen Jahre aus. Paavo hatte mit der Seefahrt aufgehört und war Hafenkapitän von Loviisa geworden, hatte aber auch diese Arbeit wegen seiner Krankheit aufgeben müssen. Huurna erzählte von seinen Schiffen, dass er eines auf einer Sandbank vor Skagen zerstört habe, dass es aber tatsächlich noch mehr gesunkene Schiffe gab. Dann dachte er laut daran zurück, wie sie damals im Pinella am Wirtshaustisch gesessen und geredet hatten und Paavo gemeint hatte, es würde ihn nicht wundern, wenn Huurna einmal Admiral in der Marine des Zaren würde, doch für ihn bliebe er immer der Bursche aus der Linnankatu. Nachdem er dies gesagt hatte, blickte Huurna aus dem Fenster des Cafés und erklärte dann schwermütig, Admiral sei er nie geworden.

Paavo sagte, auch wenn Huurna zehn Schiffe versenkt hätte, wäre er für ihn immer nur der Bursche aus der Linnankatu geblieben.

VOR KRISTIANSAND

Er fischte und betrieb Ackerbau für den Eigenbedarf, und so vergingen fünf Jahre. Im sechsten Frühling kamen die Hofherren zu seinem Haus und berichteten, sie hätten in Kotka einen Schoner namens *Rauha*, der Friede, erworben. An Kapitänen herrschte zur damaligen Zeit großer Mangel, und die Hofherren baten Huurna, den Posten zu übernehmen. Er wurde so verlegen, dass er annahm.

Der Schoner *Rauha* fuhr mit Holz- und Steinkohleladungen, und Huurna liebte sein Schiff beinahe, bis es dann vor dem norwegischen Kristiansand unterging, mitten im Sommer. Die Mannschaft konnte auf neuen Schiffen anheuern, aber er fuhr per Zug und Schiff nach Turku und ging zu Fuß heim nach Askainen und machte kurz vor dem Ziel an einer Stelle, die er kannte, halt, um Walderdbeeren zu essen.

Er hatte gehört, dass Geld zu Geld kommt, aber aus eigener Erfahrung wusste er auch, dass Selbstvertrauen zu Selbstvertrauen kommt. Eine Ahnung davon bekam er gerade in den glücklichen Sommern, als die Brigg *Onni* und der Schoner *Rauha* die Meere durchpflügten, ohne etwas von ihrem kommenden Untergang zu wissen. Mal war man in Umeå, mal in Hamburg oder London, die Anker rasselten hinab und hoben sich mit lautem Gepolter wieder, und er benahm sich, als würde er in den Häfen schon erwartet, hätte aber selber keine Zeit, auch nur einen Abstecher zu machen.

Es waren einfache Sommer. Er wurde nicht von Brustschmerzen und Kopfweh geplagt, seine Augen sahen, und seine Ohren hörten, und er wusste immer, wie das Meer um ihn herum gerade schaukelte und wohin man darauf fahren musste, und der Sternenhimmel funkelte in der Nacht, als wäre er einzig und allein für ihn da.

Manchmal wurde er von diesem Glücksempfinden ganz hochmütig. Er brachte eine Ladung hierhin und eine dorthin, und jedes Mal wurde ihm gedankt, und bald glaubte er selbst daran, ein so außerordentlicher Kapitän zu sein, dass er sich fast einsam fühlte, eben weil er so außerordentlich war, während sich die anderen mit Ach und Krach über Wasser hielten. Seltsamerweise gewöhnte er sich an diesen Zustand und lernte zu denken, dass es nichts machte, wenn ein Mensch einmal außerordentlich war, sofern er mit seiner Außerordentlichkeit niemandem Schaden zufügte.

In den Wintern, in denen die *Onni* und die *Rauha* noch existierten und im Heimathafen lagen, kam es mehrmals vor, dass er an Bord ging und sich in die kalte Kajüte setzte.

Die Lust dazu packte ihn manchmal, wenn er am Nachmittag in der Stube saß: Zuerst machte ihn das sanfte Licht des Wintertages wehmütig, sodass er selbst nicht wusste, wie ihm geschah, und wenn die Sonne dann hinter den Horizont sackte, fürchtete er sich vor der Stunde der Dämmerung wie vor dem Versiegen der Hoffnung und verließ das Haus, um sich sein Schiff anzuschauen.

Es lag vom Eis umschlossen da, die Decks mit Schnee bedeckt. Er betrachtete die Stille, stapfte in seine Kajüte und setzte sich hin. An solchen Winternachmittagen in der stillen Kajüte des Schiffes, wo ihm die Zeit nichts anhaben konnte und wo jede Scheibe des Daseins wie die andere geschnitten war, verbrachte er die glücklichsten Stunden seines Lebens. Er war in dieser Stille aufgehoben, und das Leben war in ihm aufgehoben, und das Schiff kannte ihn und er das Schiff.

Mit dem Schleppen eines Winternetzes hat man tüchtig zu tun, aber wenn man dabei fleißig ist und sorgfältig vorgeht, kann man vom Ertrag des Schleppnetzes leben. So verging ein Jahr und noch ein drittes. Er hatte sagen hören, ein Mann werde mit dem Alter immer besser, aber seine Verbesserung bekamen in jenen Jahren nicht viele zu Gesicht, weshalb er glaubte, es sei gewissermaßen eine vergebliche Verbesserung.

Immer wenn er auf dem Wasser war, vor allem bei stürmischem Wetter, erinnerte er sich an die Fehler, die er auf dem Meer begangen hatte, machte sich Vorwürfe und dachte, dass es kein Wunder war, wenn seine Schiffe sanken, weil er ein so schlechter Seemann war. Aber nachdem er sich zahlreiche Vorwürfe gemacht hatte, stellte er auch fest, dass er gut darin war, seine Fehler zu erkennen und sich an sie zu erinnern, und lobte sich für seine Wahrnehmungsfähigkeit und sein Gedächtnis.

Zu jener Zeit geschah es oft, dass er abends im Bett lag und allmählich versank. Er sank unter die Oberfläche wie damals in der Dachkammer des Pfarrhauses in Skagen. Nachdem er bis auf den Grund gesunken war, sah er alle seine untergegangenen Schiffe, die drei *Reipas*, die Brigg *Onni* und den Schoner *Rauha*. Er sah die vom Wasser eingenommenen Decks, die herabgefallenen Taue, die umgestürzten Masten und die zermalmten Flanken. Er sah Fische durch die Kajüte schwimmen, und er sah seine Hosen und Hemden in der Dunkelheit des Meeres, die Fetzen der Vergangenheit. Es hatte für ihn den Anschein, als wäre sein Leben in jenen Schiffen zurückgeblieben und würde nun morsch, bis nicht einmal mehr Fetzen übrig waren, sondern nur noch die Algen hin und her schwankten.

Dann öffnete er die Augen und stellte fest, dass er doch sein und leben durfte, dass er auf dieser Erde nach Norden oder nach Süden ziehen oder es bleiben lassen und hierbleiben konnte. In jedem Fall hätte er stets sein Leben, und dieses hätte einen Wert, nämlich den Eigenwert dieses Lebens selbst. Die Schiffe waren untergegangen, nicht er.

AUF DEM UME ÄLV

Gutsherr Glad fing wieder an zu sprechen. Zuerst sprach er im Winter vom Sommer und dann im Sommer vom Winter, und schließlich sprach er von Schiffen und fragte Huurna, ob dieser noch einmal aufs Meer hinausfahren würde. Huurna antwortete nicht, sondern las in der Zeitung oder redete von ganz anderen Dingen und kam am nächsten Sonntag wieder, um den Gutsherrn Glad zu besuchen und sich dessen Reden von der Fahrt aufs Meer anzuhören.

Auf den Decks der Dampfschiffe standen inzwischen junge Männer, und die Hofherren hatten die Seefahrt ganz aufgegeben. Gutsherr Glad behauptete jedoch, sein Geld würde auch allein für ein Schiff reichen, zumindest für einen kleinen Schoner, mit dem man auf der Ostsee segeln und Holz nach Deutschland transportieren könnte, wo weiterhin Nachfrage bestand. Huurna nickte zu diesen Worten und machte deutlich, dass sein Seefahrerglück vorzeiten schon versiegt sei, falls er es je gehabt habe.

Gutsherr Glad sagte, vom Glück gebe es viele verschiedene Sorten, man könne es auch für Glück halten, dass Huurnas Schiffe nie in zwei Unglücke gleichzeitig geraten seien. War die Mannschaft erkrankt, hatte es mildes Wetter gegeben, und wenn ein Sturm sie gepackt hatte, waren die Männer gesund gewesen. Die Unglücke waren eines nach dem anderen gekommen, und das war für Gutsherrn Glad ein Zeichen für Seeglück.

Huurna war dieser Gedanke neu. Gutsherr Glad fuhr mit der gleichen Selbstverständlichkeit fort, für ihn und die anderen Hofherren sei Huurna ein guter Kapitän gewesen, denn er habe seine Aufgabe ernst genommen, und alles, was er getan habe, sei von würdevollem Geist getragen worden, weshalb die Hofherren der Ansicht gewesen seien, Huurna sei ein guter Seefahrer, und sich gegenseitig dafür gelobt hätten. Zwar sei das eine oder andere Schiff gesunken, fügte Gutsherr Glad hinzu, doch das sei etwas ganz anderes gewesen, denn auf dem Meer passiere nun mal allerlei, wenn ein Mann Manns genug war, um in See zu stechen.

Huurna lauschte ernst, und auch wenn er gleich begriff, dass hier Worte ausgesprochen wurden, dank deren seine Schiffe vom Meeresgrund aufstiegen und wieder über die Weltmeere segelten, blieb der Ausdruck in seinem Gesicht in etwa so, wie er normalerweise war. Immerhin wurde er verlegen genug, um Gutsherrn Glad beim Abschied die Hand zu schütteln, obwohl sie sonst diesen Brauch nicht pflegten.

Ein geeigneter Schoner fand sich in Uusikaupunki. Er bekam den Namen *Armo*, die Gnade, und als das Meer im April eisfrei wurde, stellte Huurna eine kleine Mannschaft zusammen und bekam als Steuermann den alten Bekannten aus Kokkola und fuhr aus, um eine Ladung Holz aus dem schwedischen Umeå zu holen. Die Hinfahrt verlief glücklich, das Wetter war klar, und im Kielwasser des Schiffes tauchten die glänzenden Köpfe von Seehunden auf.

Der Hafen von Umeå befindet sich am Ende einer acht Kilometer langen Flussfahrrinne. Für diesen letzten Abschnitt forderte Huurna einen Dampfschlepper aus Holmsund an. Die Schlepperkapitäne waren hart im Feilschen, in Spanien oder Italien erpressten sie in manchen Häfen die in Schwierigkeiten geratenen Kapitäne von Segelschiffen geradezu und überließen sie lieber ihrer Not, als nachzugeben, aber die *Armo* wurde an der Mündung des Flusses Ume älv freundlich empfangen. Vom Schlepper aus wurde gesagt, sie seien in diesem Frühjahr das erste Segelschiff, das nach dem Eis Umeå erreiche, der Tarif war in jeder Hinsicht maßvoll, und so wurden die Leinen befestigt.

Der Ume älv war noch voller Treibeis. Auch festes Eis sah man hier und da an den Rändern der Fahrrinne, die vom Schlepper aufgebrochen wurde, und bisweilen kratzte das Eis die Flanken des Schoners wie Fichtenzweige die Wangen eines Kindes. Über dem Delta lag dichter Nebel, und sie sahen den Schlepper nicht, sondern waren wie allein in dieser nach Rauch riechenden Welt, in der sich das Stampfen des Dampfschiffes mit dem Knirschen des Eises mischte.

Männer, die in der Karibik gesegelt waren, erzählten, was für ein seltsames Gefühl es sei, nach langem Segeln über den Ozean die Sunde zwischen den Inseln zu erreichen und die Stimmen der Vögel zu hören, und manche behaupteten, in solchen Momenten höre ein Seemann die Vögel in seinem Kopf singen, als dürfe er gerade der Erschaffung der Welt beiwohnen. Der Rauch, der dichte Nebel und das graue Eis des Ume älv ließen Huurna freilich nicht an die Erschaffung der

Welt denken, sondern an ihr Ende. Alles, was sich in der Nähe befand, wirkte äußerst existent, die eigenen Hände, der Kleiderstoff und die an Deck herumliegenden Taue, während alles andere weit weg im Nebel lag, jenseits des Randes der Welt. Und da geschah es.

Zuerst brüllte die Bugwache, dann tauchte der Schlepper aus dem Nebel auf. Er arbeitete weiterhin mit voller Kraft, bewegte sich aber nicht mehr, denn er war im Eis stecken geblieben. Sie hingegen setzten ihre Fahrt unaufhaltsam fort. Huurna schrie »Anker werfen«, und die Männer griffen nach den Winden, aber er sah, dass die Anker nicht rechtzeitig ins Wasser kommen würden, und der Steuermann sah es auch und schnappte sich einen Seesack aus Jute, der an Deck lag, und rannte damit in den Bug, als könnte er mit dem Sack den Aufprall dämpfen.

Man hörte das Geräusch von brechendem Holz, als der Klüverbaum an der Wand der Hinterkajüte des Schleppers zerschmettert wurde, und danach einen dumpferen Schlag, als der Vordersteven des Schoners gegen das Achterschiff des Schleppers prallte.

Huurna hätte mit Sicherheit geflucht, wenn ihm nicht zum Lachen gewesen wäre und er nicht über den kühnen Rettungsversuch des Steuermanns gestaunt hätte, der allerdings nichts gebracht hatte. Huurna erschrak, aber eher aus alter Gewohnheit; er stellte sich vor, wie das Wasser den Rumpf fluten und wie das Schiff im Ume älv untergehen würde, als weiteres Denkmal seiner Schande. Aber als er das Ganze in Ruhe untersuchte, sah er, dass die Schadenstelle nicht die Wasserlinie berührte und sie die Fahrt bis in den Hafen fortsetzen konnten.

Neben allen bisherigen Unglücken kam Huurna dieses Missgeschick auf dem Ume älv am Ende geradezu sanft vor. Als hätte ihm das Schicksal die Wange getätschelt und gesagt, es schlage nicht immer feste zu, manchmal genüge ein flüchtiger Streich, und so wie dieser flüchtige Streich Zufall war, so waren auch die Schläge nichts als Zufall gewesen.

Der erzwungene Aufenthalt in Umeå verursachte hohe Kosten, und weil Huurna befürchtete, Gutsherr Glad würde sich deswegen ärgern, ließ er in seinen Briefen unerwähnt, dass ihn das Seegericht von Umeå dazu verurteilt hatte, auch für die erlittenen Schäden des Schleppers aufzukommen. Er hielt das Urteil für ungerecht und legte Berufung ein, und als die Berufung dann abgelehnt wurde, musste er zusätzlich die Berufungskosten bezahlen. Als er das tat, freute er sich jedoch bereits darüber, mit dem Erstatten einer bestimmten Geldsumme davonzukommen.

Der verzweifelte, aber heldenhafte Rettungsversuch des Steuermanns blieb Huurna als glückliche Erinnerung an den Vorfall in Umeå zurück. Noch Jahre später sah er vor seinem inneren Auge den flinken Steuermann den Sack schnappen und in den Bug rennen. Alle anderen erstarren auf der Stelle, gebannt von dem kommenden Aufprall, gefangen in dem Augenblick, in dem man schon weiß, dass ein Schaden entstehen wird, aber nichts mehr dagegen tun kann. Die Zeit dehnt sich, man ist von einer ganzen rauschenden Ewigkeit umgeben, doch man kann sie nicht nutzen, sie vergeht einfach, und umso verwunderlicher scheint es, wenn plötzlich ein Steuermann etwas unternimmt.

Keinem anderen war die Heldenhaftigkeit des Steuermanns aufgefallen, weshalb dieser lediglich Huurnas Lob erntete. Der Steuermann nahm es zerstreut entgegen, spielte seine Tat herunter und fluchte über die Beschädigung des Schiffes.

Huurna kamen durch den Vorfall die Worte des Rektors der Seefahrtschule in den Sinn – er solle von niemandem etwas verlangen, womit er selbst nicht fertigwerde –, und sobald er sich dieser Worte erinnerte, begann er wieder, an seine Kräfte zu glauben. Er beschloss, dass auch er sich künftig nicht mehr bloß mit Schrecken ausmalen würde, was alles passieren kann, wenn niemand etwas unternimmt. Stattdessen würde er sich wie der Steuermann daran erinnern, dass man auf den Verlauf der Ereignisse Einfluss nehmen kann. Er erkannte dabei auch, dass Schwäche nicht so sehr Schwäche war, sondern eher das Vergessen der Stärken.

Die auf den Zusammenprall auf dem Ume älv folgenden Abschiedsjahre auf der Ostsee gingen bei gleichmäßigen Windverhältnissen dahin. Huurna versuchte erst gar nicht mehr, etwas zu wissen oder fast zu wissen und, nachdem er sich vom Wissen befreit hatte, doch noch etwas zu wissen, und er versuchte auch nicht mehr, zu reüssieren oder fast zu reüssieren und, nachdem er sich vom Reüssieren befreit hatte, ein weiteres Mal zu reüssieren; er war einfach da und erlaubte den Winden, das Schiff an sich zu binden und mitzunehmen.

Viele Male überlegte er, warum er überhaupt auf die Weltmeere hinausgefahren war, um seine Schiffe zu versenken, wo es doch auch hier genug zu holen und zu bringen gab. Woher war die Vorstellung gekommen, dass erst hinter der Nordsee das Leben wartete?

Die großen Meere hatte er nie richtig kennengelernt, auch wenn er sehr darum bemüht gewesen war; er hatte lediglich gelernt, wie man von den Häfen der großen Meere mit dem Zug nach Hause fuhr. Die Ostsee eignete er sich gar nicht erst an, er fuhr einfach darauf, und gerade darum hielt sich sein Schiff am Ende wohl über Wasser.

ABENDSTIMMUNG

Wenn man bei klarem Wetter vom Deck eines Segelschiffes aus den Horizont betrachtet, liegt er zehn Kilometer entfernt. Auf der Ostsee erscheint dieser Rand der Welt heller als der übrige Himmel, auf dem Atlantik begrenzt ihn ein spannbreiter Wolkenstreifen, in dem man etwas zerlaufen sieht, wie auf einem feuchten Wasserfarbengemälde. Diesen Wolkenstreifen kann man ansteuern, aber man kommt nicht näher an ihn heran.

Auf der Ostsee stellte sich Huurna nie unbekannte Länder hinter dem Horizont vor, aber auf dem Atlantik vermutete er stets, dass jenseits des Horizonts jederzeit eine Insel zum Vorschein kommen könnte, auf die vor ihm noch niemand gestoßen war. So groß war der Ozean. Wenn ihm manchmal, ohne dass er eigentlich nachdachte, die Größe des Ozeans in den Sinn kam, musste er eine Weile die Ränder der Reling betrachten, und wenn er dann wieder aufblickte, erinnerte er sich, dass das Meer zwischen Schiff und Horizont sein Feld war und er eine größere Fläche nicht zu beackern hatte.

In den allerletzten Jahren, als die *Armo* schon verkauft und verschrottet worden war und die Kapitänsjacke in der Kammer im Schrank hing, hatte sein Feld die Größe seines Gartens. Auch dort passierte allerhand. Am einen Tag neigte sich das Gras nach hier und am anderen nach dort.

Seine alten Fotografien waren ihm fremd, die feierlichen Porträts, das ernsthafte Hochzeitsbild, die steifen Gruppenaufnahmen an Deck. Er erkannte sich selbst nicht darauf. Es schien ihm besser, an das eine Mal zu denken, als er im Hafen von Kiel zufällig auf ein Bild geriet.

    Damals war er in Gedanken über den Kai gegangen. Gerade als er eine Gruppe von Männern passierte, gab der Fotograf ein Kommando. Irgendwo hinter den Männern, am linken oberen Bildrand, musste seine Gestalt verewigt worden sein. Sollte das Bild bei jemandem an der Wand hängen oder im Regal stehen, dachte sich Huurna, und sollte es irgendwo jemand betrachten, konnte es sein, dass dieser Betrachter auch ihn bemerkte, den zufälligen Passanten, und sich fragte, wer das eigentlich war.

Gutsherr Glad fing an, darüber zu reden, dass das Leben nur eine Zwischenstation sei, dass die Reise nachts, wenn er schlief, womöglich weiterging und er deswegen seine Kleider immer in Reichweite neben dem Bett aufbewahren müsse.

    Huurna besuchte den Gutsherrn wie zuvor, las in der Stube die Zeitung und schwieg, und Glad saß still an der anderen Wand. Bis Gutsherr Glad eines Sonntags tot in seinem Bett lag. Die Kleider hingen leblos über dem Stuhl, als hätte der verstorbene Gutsherr ihre Farben mitgenommen.

Nachdem Glads Beerdigung stattgefunden hatte, durchschaute

Huurna sich selbst. Er hatte sich immer den Menschen anschließen wollen, aber der Moment dafür war nie eingetreten. Er erinnerte sich an Situationen, in denen er den Mund hätte aufmachen können, es aber nicht getan hatte. In denen er eine Hand nicht ergriffen hatte. So wie in der Kirche von Skagen, neben dem Fräulein mit der blumenförmigen Haarspange. Er konnte die Augen schließen und den dänischen Gottesdienst und den Atem der Frau unmittelbar neben sich hören, und er hatte das Gefühl, über die Zeiten hinweg ihre Hand fassen zu können. Aber damit brach die Vorstellung ab, er war hier, und die Vergangenheit lag in der Vergangenheit, und das Fräulein in Skagen glich einer historischen Gestalt.

Er erinnerte sich, wie seine Frau zu ihm kam, vor sich hin summte und ihre weißen Schuhe anprobierte.

Infolge solcher Erinnerungen beschloss Huurna, sich zusammenzureißen und sein Leben in Angriff zu nehmen, und da merkte er, dass er es bereits gelebt hatte.

Das Leben hatte ihn überrascht. Es hatte ihn schon als Kind überrascht, er hatte das Spielen aufgeben und in Haus und Hof arbeiten müssen. Eine Überraschung war es für ihn auch gewesen, dass man, wenn man eine Arbeit lernte, auch eine zweite lernen musste. Und dass man, wenn die Arbeit in Haus und Hof ausging, sich selbst Arbeit ausdenken musste.

Jeder Schiffbruch war eine Überraschung für ihn gewesen, ebenso wie der Umstand, dass sein letztes Schiff keinen Schiffbruch erlitten hatte.

Er kannte seinen Heimatort nicht mehr, er wunderte sich jedes Mal, wenn er das Kirchdorf besuchte. Er glaubte, in das Dorf zu kommen, das er im Kopf hatte, merkte aber, dass er ganz woanders hingelangte.

Manchmal ergab es sich, dass ihm ein fremder Mensch bekannt vorkam, und das war eine große Überraschung für ihn: Er lebte also doch mit anderen in derselben Welt. Dann löste sich die Gemeinsamkeit auf, und er war wieder allein und erinnerte sich, wie einsam die Einsamkeit war.

Am überraschendsten fand er jedoch, wie gleichförmig sich die Dinge im Leben wiederholten und wie wenig man daraus lernte. Er hatte sämtliche Fehler mehrmals gemacht und sich ebenso oft dafür geschämt. Wenn er für einen Moment geglaubt hatte, er sei nun ein erfahrener Mann und könnte es ruhig angehen lassen und seine Einstellung zur Welt selbst bestimmen, hatte ihm die Welt sofort bewiesen, dass sie auf seine Einstellung nicht viel gab.

Den Sommern schenkte er keine Beachtung. Sie waren wie Landschaften, die am Zugfenster vorbeihuschten. Stattdessen begrüßte er jeden Frühling und jedes eisfreie Wasser wie ein geschenktes Leben. Er ging in den Hafen und sah, dass die Farben zurückgekehrt waren, das Grün, das durchscheinende Braun, das Rötliche des Granits. Monatelang hatten die Sorgen des Winters über der Landschaft gehangen, jetzt wurde milde Luft eingeatmet, jetzt ging man diesseits der Friedhofsmauer.

Auf dem glatten Fels am Anleger des Postschiffes war eine Gravierung zu lesen, die er kannte:

AMANDA 1856

Daneben sah man den dunklen Fleck von einem Feuer, dessen Wärme Schiefer vom Stein gelöst hatte. Die Jahre hatten die

Kanten der Gravur abgeschliffen, aber das Licht des frühen Abends zauberte die Inschrift hervor.

Als er im Knabenalter die Eingravierung entdeckt hatte, hatte er geglaubt, eine gewisse Amanda habe sie vorgenommen, und er hatte überlegt, ob er im Dorf eine kannte, die Amanda hieß.

Als junger Mann hatte er vermutet, den Namen habe jemand eingeritzt, der Amanda für ein entzückendes Mädchen hielt, und er hatte sich gewünscht, auch ein Mädchen zu haben, dessen Namen er in den Fels ritzen konnte.

Bis ihm als alter Mann klar geworden war, dass es sich bei besagter Amanda um eine zweimastige Brigantine gehandelt hatte, die im Jahr 1856 vor Gotland gesunken war und deren Namen der Eigentümer in den Felsen graviert hatte.

Er saß am Anleger des Postbootes. Junge Schiffer kamen vorbei und grüßten. Mal blieb einer stehen und wechselte ein, zwei Worte mit ihm, ein anderer fragte ihn um Rat, ihn, der fünf Schiffe versenkt hatte, fragte und hörte zu und bedankte sich mit einem Händedruck. So etwas passierte ihm nicht oft, aber vielleicht doch ebenso oft wie Kapitänen, die keines ihrer Schiffe versenkt hatten.

Die meiste Zeit saß er allein da. Die Schiffe, mit denen er gesegelt war, gab es nicht mehr, und die meisten der Männer, die auf diesen Schiffen gesegelt waren, waren ebenfalls fort. Immerhin das Meer schien zu bleiben. Er nickte ein und fuhr auf, wenn er etwas hörte, ein Boot an der Einfahrt zum Sund, mit knatternden Segeln. Er folgte ihm mit dem Blick, bis es hinter der Halbinsel verschwand.

Dann saß er nur da und schloss die Augen und dachte daran zurück, wie er als Schiffsjunge in den Großmast geklettert war und Angst gehabt hatte, ins Meer zu fallen, und wie er aufs Deck hinabgestiegen war und sich für die Fehler geschämt hatte, die ihm im Mast unterlaufen waren, und wie er oben im Wind die Knoten geöffnet hatte wie in der Kindheit vor der Haustür die Schnürsenkel.

QUELLEN

So wie Sachbücher nichts als die Wahrheit sind, ist diese Erzählung ganz und gar Vorstellung. Vilhelm Huurna hat kein anderes Vorbild als das, welches die meisten Hauptfiguren von Büchern haben: ihren Verfasser. Bei einigen Szenen, die unmittelbar mit der Seefahrt zu tun haben, habe ich jedoch als Quelle die mit dem Jahr 1903 datierten Erinnerungen des Seekapitäns A. Andersson benutzt, die ich im Heimatmuseum Haukan tila in der Schärengemeinde Velkua lesen durfte, sowie folgende gedruckte Seefahrermemoiren: Paavo Korpela, *Merisaappaat ja seelipussi* (Seestiefel und Seesack), J. Putta, *Maailman merillä, muistelmia merimatkoistani vuosina 1901–1921* (Auf den Meeren der Welt, Erinnerungen an meine Seereisen in den Jahren 1901–1921).

    Petri Tamminen

Petri Tamminen, 1966 in Helsinki geboren, ist Autor und freier Journalist. Seit seinem 1994 erschienenen Debüt gilt er als Meister der kurzen Prosa und des lakonischen Humors, seine Werke wurden in zahlreiche Sprachen übersetzt. Auf Deutsch erschien zuletzt sein Roman *Mein Onkel und ich* (2007), der auf der Shortlist für den Finlandia-Preis stand.

Stefan Moster, geboren 1964 in Mainz, lebt als Autor und Übersetzer aus dem Finnischen in Berlin. Für mare übersetzte er zuletzt *Dinge, die vom Himmel fallen* von Selja Ahava (2017). Ebenfalls bei mare erscheinen die Romane Stefan Mosters, zuletzt *Neringa oder Die andere Art der Heimkehr* (2016).